Pour mes frères Yves et Laurent, pour mon ami Patrice,
Marco, Roger et mes cousins Richard et Jean.

Pour mes neveux Gabriel, Elia, ma petite-fille Clémence
et pour mon petit Marcel lorsqu'il sera en âge de le lire.

1

Lundi 31 août, soir

Malgré les tentatives de maman pour le retenir, mon grand frère Michel vient de sortir de table alors qu'il a à peine mangé et il est parti s'enfermer dans sa chambre. Moi, j'ai bredouillé une phrase quand Michel s'est levé, mais d'un geste il m'a arrêté comme si le son même de ma voix le fatiguait.

En me voyant baisser la tête, papa m'adresse un petit signe d'encouragement, comme si tout n'était pas encore perdu, comme si j'avais encore une chance de parler à Michel et surtout une chance qu'il m'écoute. Une minute plus tard, Michel semble lui donner raison : il revient dans la cuisine, ouvre le frigo, se sert un verre de lait froid ; je croise son regard, mais son regard est vide et les mots restent bloqués dans ma gorge. On entend la porte de sa chambre claquer.

À cet instant, je pense à appeler Dora, ma meilleure amie, mais je suis sûr qu'elle n'est pas encore rentrée de vacances et que je tomberai une fois encore sur le répondeur.

– Ça devient insupportable, s'emporte maman. Même le repas du soir, il ne le respecte plus ! Mais qu'est-ce qui lui arrive ? Depuis quand il est comme ça ?

Comme ni papa ni moi n'avons envie de lui répondre, maman mène son enquête toute seule.

– Il y a trois mois, Michel nous parlait encore. Sa métamorphose date des grandes vacances, affirme-t-elle tout en remuant énergiquement la salade. Dix fois, j'ai compté. Les pires vacances de ma vie, poursuit maman en nous lançant un regard noir à papa et à moi.

– Tu dramatises, lui répond papa, en lui prenant le saladier, ce qui ne la calme pas du tout.

– Je dramatise ? Léo va avoir huit ans dans deux jours, il est admis en CE2 sous conditions, et il refuse toujours de lire et d'écrire ! Depuis cet été, Michel est devenu fuyant, il s'éloigne de nous, il nous cache quelque chose de grave, et toi, dit-elle en pointant son index vers papa, tu ne t'inquiètes pas pour tes fils ?

Comme papa laisse cette question sans réponse, maman en profite pour lui rappeler le calvaire qu'elle a enduré cet été.

Moi, je me demande ce qu'elle veut dire par « quelque chose de grave », d'autant plus que ce n'est pas la première fois qu'elle le dit. Qu'est-ce que Michel pourrait cacher de grave ?

Avant les grandes vacances, j'en ai parlé à Oleg et à Dora. Oleg n'avait aucune idée parce qu'il n'a pas de grand frère, seulement un petit et qui a encore des couches. Dora, elle, a trois grands frères et des idées. « C'est quoi, ses symptômes ? » elle m'a demandé, comme si elle était professeur de médecine.

Michel a souvent les yeux rouges, il ne rigole plus jamais, mais surtout il ne s'intéresse plus au football alors que, depuis ma naissance, il a toujours été fan de foot, c'est ce que je lui ai répondu. Oleg n'a pas trouvé ça grave : le football, il n'y joue pas, il est asthmatique. Dora a réfléchi longtemps et elle m'a donné son avis : « Et si on lui avait jeté un sort ? Les sortilèges, ça existe. Ton frère a peut-être été envoûté et, si ça se trouve, il ne le sait même pas. » Comme je la regardais, abasourdi, et que je lui demandais ce

que je devais faire, elle m'a répondu : «Tu dois trouver le moyen de désenvoûter ton frère, tu peux aussi aller voir un marabout ou bien alors attendre que le sortilège cesse. Ça se peut, ça, que les sortilèges s'arrêtent d'un coup.»

Ça m'a fait un peu peur, ce que Dora a dit, j'aurais bien aimé qu'on en parle encore tous les deux, mais c'était le dernier jour d'école. Le soir même, j'ai tout avoué à papa. Lui n'y croyait pas du tout, à cette histoire de sortilège, tellement pas que je n'y ai pas cru non plus, mais, depuis le retour des grandes vacances, j'y pense souvent, je me dis que Dora a raison et je crois avoir trouvé comment désenvoûter mon grand frère. Pour cela, il faudrait d'abord que je trouve le moyen qu'il m'écoute.

– Pour Léo, ça va s'arranger, j'en suis sûr, déclare enfin papa, en m'adressant un sourire. Il a déjà fait beaucoup de progrès et on a un pacte tous les deux. Quant à Michel, il a quatorze ans et demi, et je ne crois pas qu'il nous cache quelque chose de grave. En revanche, qu'il ne s'intéresse plus du tout au football, ça, oui, ça me préoccupe. Le foot, c'est comme le vélo, ça ne peut pas s'oublier, ajoute papa, lui qui n'y joue plus depuis un accident de voiture qui l'a rendu boiteux, une vraie tragédie pour un footballeur.

Je suis 100 % d'accord avec papa, mais il n'aurait jamais dû dire ça. Maman s'étrangle de rage. Elle pète un câble, dirait Dora.

– Il ne s'intéresse plus au football ? C'est ça qui t'inquiète ? Il a sans doute fait une mauvaise rencontre cet été, il se drogue peut-être, il ne nous dit rien, il passe son temps enfermé dans sa chambre, il dort le jour, il déambule la nuit, et toi, le seul changement qui te préoccupe, c'est qu'il ne joue plus au foot ?

Je n'ai pas envie d'écouter la suite, qui risque de durer, c'est comme ça tous les soirs. J'ai envie d'être dans ma chambre et de réfléchir à la manière de convaincre Michel de venir me chercher demain au centre de loisirs. Ou après-demain, jour de mon anniversaire, le 3 septembre. Après ce sera trop tard : jeudi, c'est la rentrée des classes.

– Je peux sortir de table ?

Mes parents sont d'accord. Ils préfèrent régler leurs histoires sans moi. Je range quand même mon assiette, mon verre et mes couverts dans le lave-vaisselle. Ils me regardent faire, en silence.

Dans ma chambre, je m'allonge sur mon lit.

Sur le mur qui me fait face, j'ai suspendu à un cintre le maillot de Lionel Messi. C'est Michel qui me l'a offert pour mes sept ans, il y a un an, presque jour pour jour. Dans le maillot bien plié de Messi, Michel avait glissé une clé USB et il nous avait invités à nous installer devant la télé pour voir le film contenu dans la clé. « C'est une compilation », m'avait-il prévenu. J'ai cru qu'il m'offrait une série de dessins animés, un truc de bébé, mais je me trompais.

Au début du film, on voit un terrain de foot, et ce sont des enfants qui jouent, des vrais,

pas des dessins ou des Playmobil. Il y en a un parmi eux que je repère très vite, plus petit que les autres, je pourrais presque croire qu'il a mon âge. Sur le terrain, on ne voit que lui, il fonce, il dribble, il passe entre toutes les lignes. «Regarde-le bien, Léo, m'avait dit Michel, il a dix ans, trois ans seulement de plus que toi.» On revoit le même garçon à treize ans, à quinze ans et les dribbles s'enchaînent, les coups francs géniaux, les buts! Je reconnais Lionel Messi, qu'on appelle aussi Leo, comme moi, une des idoles de ma famille, avec Michel Platini.

Mon grand frère, qui porte le prénom de ce grand footballeur français, était très content de sa surprise, maman a trouvé que je ressemblais à Lionel Messi, et à l'époque elle trouvait ça drôle. Nous avons vu la compilation plusieurs fois. Notre but préféré à Michel, maman, papa et moi, c'est celui du 18 avril 2007 en demi-finale de la Coupe du Roi contre Getafe. Messi n'a que dix-neuf ans et il dribble toute la défense sur plus de soixante mètres avant de marquer : un slalom de fou ! Papa a reconnu son génie, mais il nous a fait remarquer que Messi n'a pas, comme Platini, le sens de l'équipe, du collectif, la vision du jeu, et il a conclu : « C'est un génie solitaire. » Michel a défendu Messi, ses accélérations prodigieuses, sa concentration légendaire. Moi, je ne les écoutais plus, je me disais qu'un jour je serai aussi génial que Lionel Messi à dix ans et qu'alors Michel m'emmènerait au stade avec lui, que je jouerais

dans son équipe, qu'on se ferait remarquer par un club, qu'on serait sélectionnés tous les deux en équipe de France.

Au-dessus de mon lit, j'ai punaisé une image de Messi, à dix ans. Maman a raison, je lui ressemble. Comme lui, je suis plus petit que la moyenne, j'ai les yeux marron et un peu rapprochés, des grosses joues et des cheveux fins, mais à dix ans, Messi les a longs. Depuis un an, je les laisse pousser. Michel ne l'a pas remarqué.

Papa et maman ne sont toujours pas sortis de la cuisine, mais je n'entends plus rien. Ils se sont calmés, on dirait. Je me mets en pyjama et je vais me brosser les dents. En passant devant la chambre de Michel, je colle mon oreille à sa porte. Rien. Pas un son. Je n'ose pas frapper. Il ne voudra pas me laisser entrer, je le sais. Allongé sur le sol, je m'entraîne à faire passer mon ballon d'un pied sur l'autre.

Si maman me voyait, elle péterait un câble.

Maman a tort. La métamorphose de Michel remonte à beaucoup plus loin que les grandes vacances. Pour moi, elle date du jour où Michel a eu quatorze ans, au mois d'avril. Même s'il est vrai que cet été sa métamorphose s'est accélérée, au point que je ne reconnais plus mon grand frère.

Le soir des quatorze ans de Michel, on avait prévu après le dîner de regarder un match de foot, tous ensemble. Moi, j'étais surexcité, d'autant plus que Michel avait réussi à convaincre les parents de s'offrir un écran géant, livré le matin même.

Enfermé dans sa chambre toute la journée, Michel est apparu, en début de soirée, le visage sombre et les yeux rouges. Maman lui a demandé s'il avait pleuré, il a dit que c'était une allergie au pollen, rien de plus. « Première nouvelle », lui a répondu maman, ce qui a énervé Michel qui s'est mis à la fenêtre, comme s'il attendait quelqu'un.

Deux petits sparadraps transparents étaient collés sur sa joue droite à cause de son rasoir, cadeau d'anniversaire de papa, alors que Michel n'a même pas de poils. Il regardait tout le temps son téléphone, cadeau de maman – cadeau pour elle, en fait, pour le bombarder de messages, pour savoir toujours où il est. Son téléphone a sonné, il est allé répondre dans le couloir et lorsqu'il est revenu il a tendu le téléphone à papa qui à son tour est allé répondre dans le couloir avant de revenir et de dire à Michel: « C'est d'accord, mon grand. » Michel lui a souri et lui a répondu « Merci, papa », comme si papa lui avait sauvé la vie. Après, il est allé s'enfermer dans la salle de bains. D'accord pour quoi ? je me suis demandé. Et je n'étais pas le seul. Maman aussi exigeait une explication et elle a entraîné papa dans le salon. Je suis resté seul dans la cuisine.

Sur le comptoir trônait notre gâteau préféré, un saint-honoré que nous dégustons à chacun de nos anniversaires, donc quatre fois par an. « Une tradition familiale, et j'y tiens », dit toujours maman. C'est moi qui avais eu l'idée de choisir des bougies en forme de chiffres pour les quatorze ans de Michel. Deux bougies seulement: le 1 et le 4, plantées au centre, dans la crème Chantilly. J'avais hâte d'avaler très vite le repas, d'en être au moment du dessert, de donner son cadeau à Michel: une paire de chaussettes hautes et rouges, des chaussettes de footballeur. J'avais hâte aussi de voir le match que papa allait nous commenter : la finale de l'Euro 1984. France contre Yougoslavie. Le match où Michel Platini fait gagner la France par trois buts de suite : l'un du pied gauche, l'autre de la tête, le troisième du pied droit. Un exploit mondial.

Lorsqu'ils sont revenus tous les trois dans la cuisine, j'ai compris que, pour la première fois, Michel ne fêterait pas son anniversaire avec nous. Il a accepté de souffler ses bougies, vite fait, il a avalé deux choux caramélisés bourrés de crème Chantilly comme il aurait avalé trois cuillérées de purée aux brocolis, quand on a sonné à la porte.

Harry, son copain de toujours, était venu le chercher pour aller faire la fête avec des potes. Michel dormirait chez lui. « Et le match de foot, alors ? » j'ai demandé. Sans même me regarder, impatient de suivre Harry, Michel m'a répondu qu'il y a parfois des choses plus importantes que le foot dans la vie. Ça m'a laissé sans voix.

J'avais décoré la cuisine, accroché des ballons, choisi les bougies de son anniversaire, j'étais allé acheter le saint-honoré avec maman, j'avais rêvé de cette soirée, et Michel préférait aller écouter de la musique avec ses amis plutôt qu'être assis sur le canapé à voir un match de légende avec nous. Avec moi, surtout. Je n'existais plus pour lui. Depuis, j'ai une boule dans le ventre et elle grossit tous les jours.

Avant ce jour d'anniversaire, quand je me réveillais le matin, tout de suite je prenais mon ballon, j'entrais dans la chambre de Michel et j'allais le secouer, doucement, en lui murmurant à l'oreille : « On joue au foot, Michel, on joue au foot ? » Il râlait un peu, normal, mais il était presque toujours d'accord. Maintenant, il est comme maman, il me crie d'arrêter lorsqu'il m'entend dribbler dans le couloir.

Avant, à condition de prendre une pile de BD et de promettre de le laisser tranquille, j'avais le droit d'entrer dans sa chambre, même quand il était occupé. Maintenant, je n'ai plus le droit, même si je promets de faire semblant de lire toute la bibliothèque. Depuis le retour des grandes vacances, à l'exception de l'heure du dîner, Michel est toujours dans sa chambre, porte fermée. Cet été, au cours de ses rares apparitions, il ne parlait plus de foot, mais de pays que je ne connaissais pas, de leur superficie, de leurs ressources naturelles, de la fonte des glaces, aussi. Maman, ça la rassurait un peu, cette nouvelle passion de Michel pour la géographie – le foot, elle en avait sa dose –, mais elle n'a pas été rassurée longtemps. Depuis notre retour, Michel consent à être à table avec nous, mais il ne dit plus rien, lui qui m'expliquait pendant des heures un coup franc, un penalty, un hors-jeu, lui qui avait toujours un prof à imiter, lui qui me faisait toujours rire.

Papa est comme moi, il s'en fiche que Michel s'enferme dans sa chambre, qu'il s'éloigne de sa famille, comme dit maman, mais qu'il s'éloigne à ce point du foot, qu'il ne s'entraîne plus, qu'il n'aille plus au stade, lui paraît un très mauvais signe.

Moi, j'ai une idée pour désenvoûter Michel, pour qu'il redevienne mon grand frère, celui que papa et moi on imaginait capitaine de l'équipe de France, comme Michel Platini, celui qui m'a tout appris au foot, celui qui m'a fait croire qu'un jour je serais Ballon d'or. Mais pour qu'elle marche, mon idée, il faudrait que Michel soit d'accord pour venir me chercher au centre de loisirs. On irait jouer au foot tous les deux, dans notre coin préféré du parc, à quelques mètres de mon école. Je lui montrerais que, malgré toutes les interdictions de maman, j'ai encore fait des progrès cet été, il verrait de quoi je suis capable, il ne pourrait pas s'empêcher de jouer, de me donner des conseils, de me montrer des feintes, de me faire travailler mes coups de pied arrêtés, il redeviendrait fan de foot, obligé, et il serait désenvoûté. Il faudrait que Michel vienne me chercher, mais surtout qu'il ne dise pas à maman qu'on ira au parc après, parce que le football, depuis qu'elle a eu rendez-vous avec Mme Soupault, ma maîtresse de CE1, elle déteste.

Tout ça, parce qu'à la question de Mme Soupault : « Qu'est-ce que tu veux faire plus tard, Léo ? » j'avais répondu : « Lionel Messi ! »

Ce n'est pas ma faute si ma réponse a déclenché un grand bazar : cris, applaudissements, sifflets. En plus, pour me soutenir, Oleg et Dora ont fait remarquer à Mme Soupault que, pour devenir champion de foot, on n'avait pas besoin de savoir lire ni de savoir

écrire et qu'un jour je serais Ballon d'or. Après, Mme Soupault n'a pas arrêté de m'interroger, de m'obliger à lire, à écrire, et sur les lignes, et sans faire de ratures. Plus elle voulait s'occuper de moi, plus je résistais, ce qui faisait rire toute la classe. J'avais une réputation à tenir.

Du coup, au mois de juin, pour se venger, Mme Soupault a écrit sur mon bulletin :

Désintérêt préoccupant de Léo pour la lecture et l'écriture. Ne songe qu'à jouer au ballon. Passage en CE2 sous réserve.

Du coup, toujours à cause de Mme Soupault, dès le premier jour de nos vacances, à Saint-Jean-de-Monts, après le déjeuner, pendant ce qu'elle appelle « le temps calme », maman a décidé de tout reprendre avec moi depuis le début : les lettres, les syllabes, les mots. Du coup, le temps calme s'est transformé en enfer. Le premier jour, pendant une heure, nous sommes restés assis l'un en face de l'autre, silencieux et furieux. C'est très difficile d'être assis sans bouger et sans parler pendant une heure. Quand je joue au foot ou quand je regarde un match, une heure, c'est juste le temps d'une mi-temps et d'une pause et ça passe très vite, mais une heure sous le regard tantôt furieux, tantôt désespéré de maman, sans parler et sans bouger, c'est long, très très long, mais j'ai tenu.

– Au moins, Mme Soupault ne peut pas dire que Léo manque de volonté, a dit papa, ce qui, évidemment, a mis maman hors d'elle.

Le deuxième jour, profitant que papa était parti faire des courses et que Michel avait déjà rejoint de nouveaux amis à l'autre bout de la plage, maman a commis une grave erreur. Comme je refusais de répondre aux questions qu'elle me posait, elle m'a confisqué mon ballon, définitivement. J'ai hurlé, j'ai pleuré, je me suis roulé par terre. Quand papa est arrivé avec tous ses paquets en demandant à maman les raisons de ce vacarme, ils se sont disputés très fort, maman a pleuré et ils ne se sont plus adressé la parole jusqu'au soir. Alors que j'étais déjà presque endormi, papa est venu me voir. Maman était à bout de nerfs, elle lui faisait de la peine ; à moi aussi, mais pas au point que j'accepte de passer deux heures par jour enfermé avec elle, assis derrière une table avec des cahiers, des livres et des stylos, alors que dehors il y avait une étendue de sable blanc et plein de copains prêts à jouer avec moi, et même des grands. Je croyais mes vacances définitivement gâchées, j'en voulais à Mme Soupault, à maman, à papa, à la terre entière et surtout à Michel qui n'était jamais là, ni pour jouer au foot avec moi, ni pour prendre ma défense.

Le cinquième jour, à la plage, en fin d'après-midi, après un temps calme aussi catastrophique que les précédents, nous étions tous les trois sous notre parasol. Maman, les yeux cachés derrière des lunettes noires, s'était une fois encore disputée avec papa à cause de Michel, de ses disparitions de plus en plus fréquentes, de ses excuses bidon lorsqu'il ne répondait pas à ses messages. À cause de moi aussi, qui refusais de lire et d'écrire, ce qui était pire que si j'avais une maladie mortelle. Papa a répondu qu'il faisait confiance à Michel et il a ajouté que, dorénavant, ce serait lui qui me ferait travailler tous les jours, mais à sa manière.

– Laisse-moi faire, il a dit.

Maman a haussé les épaules, elle n'y croyait pas. Moi, je commençais à respirer. Je savais que de toute façon, qu'il soit content de mes progrès ou non, papa ne me confisquerait jamais mon ballon.

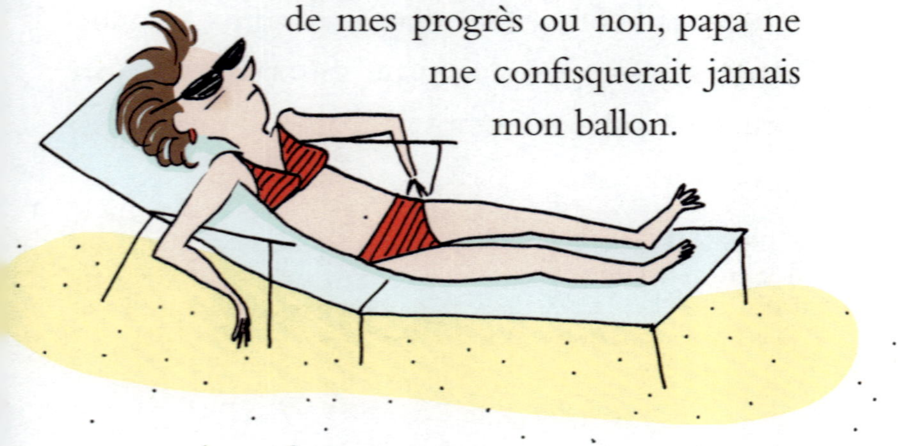

En attendant de me faire travailler, papa nous a lu à haute voix un article de *L'Équipe* qui commentait la rumeur* : Lionel Messi allait rejoindre le PSG. Avant son rendez-vous avec Mme Soupault, maman estimait que Messi était un artiste, mais elle a fait comme si elle n'avait rien entendu et s'est enduite de crème. Moi, j'ai dit : « Messi et M'Bappé vont s'éclater. » Papa avait des doutes sur l'avenir du PSG et sur celui de Messi.

– Acheter de grands talents ne suffit pas à former une équipe. En plus, je ne suis plus sûr que Messi soit un grand talent. Il a 34 ans. Michel Platini a arrêté à 32 ans et il a eu raison.

Papa attendait un commentaire de maman, elle s'est contentée d'ajouter une couche blanche d'écran solaire sur son visage et son cou. Pendant ce temps, à l'aide d'un bâton,

* Chère lectrice, cher lecteur, tu sais que Lionel Messi a bien quitté le FC Barcelone pour le PSG, où il a joué pendant deux saisons, avant de partir pour l'Inter Miami.
Donc, chère lectrice, cher lecteur, par déduction, tu sais maintenant quand ce livre a été écrit. *(Note de l'éditrice.)*

j'avais écrit PSG sur le sable. Papa a donné un coup de coude à maman, il m'a pris le bâton des mains et il a écrit : Barça, Bayern, Benzema, Buffone, puis Cantona, Cruyff – qui s'écrit bizarre et qui se prononce Creuïf, une idole de papa –, Griezmann, Lloris, Manchester United, M'Bappé, Messi, Neymar, Pelé, Platini, Ronaldo, Sissoko, Zidane, et même Zlatan Ibrahimović, et j'ai reconnu tous ces mots d'un seul coup d'œil. Papa a pris maman à témoin, elle n'avait aucune raison de s'inquiéter ! Hilare, il m'a soulevé dans ses bras.

Après cet événement, ma vie a changé. Pendant le temps calme, papa me lisait un article de *L'Équipe*. Parfois, pour lui faire plaisir, je lisais un gros titre à haute voix. D'autres fois, pour prouver à maman que je n'avais aucun problème de mémoire ou de concentration, papa me faisait réciter les noms de pays qui avaient gagné au moins une fois le Championnat d'Europe de football et au moins une fois la Coupe du monde.

Mais ça n'a pas rassuré maman pour autant. « Léo va rentrer en CE2 et ce n'est pas le football qui va lui apprendre à lire et à écrire ! »

Jeudi, c'est la rentrée des classes. Mercredi, c'est mon anniversaire. Je n'ai plus que deux jours pour convaincre Michel de venir me chercher. Deux jours pour lui faire comprendre qu'il me manque.

Mais comment ? C'est à peine s'il m'a adressé trois phrases depuis cet été.

– Trouve une fenêtre de tir, m'a dit papa, avant de me souhaiter une bonne nuit.

2

Mardi, 1er septembre, matin

La première chose que je vois, à mon réveil, comme tous les matins, c'est le maillot de Lionel Messi, mais cette fois je le vois vraiment et une idée jaillit, une idée si simple que je me demande comment je ne l'ai pas eue avant ce matin.

Surexcité, je me dépêche de décrocher le maillot et de l'enfiler. Je me dis que si Michel est déjà levé, dans la cuisine, et devant son verre de lait froid, il me verra dans mon maillot beaucoup trop grand, et forcément il rigolera, comme il l'a fait toutes les fois que je l'ai porté, et si je réussis à le faire rigoler il m'écoutera. Il faut que je le fasse rire, c'est ça, ma fenêtre de tir ! Après, seulement après, je lui demanderai s'il veut bien venir me chercher au centre de loisirs aujourd'hui ou demain pour qu'on aille jouer au foot tous les deux, sans que maman n'en sache rien.

Au coup d'œil qu'elle me lance en entrant dans ma chambre, je comprends que maman ne sera pas d'accord.

– J'ai promis à Mme Soupault de te faire oublier le football et de travailler avec toi tout l'été, promesse que j'ai d'ailleurs été incapable de tenir, alors tu enlèves ce t-shirt.

– C’est pas un t-shirt, c’est le maillot de Messi, et c’est pas ma faute si tu fais des promesses débiles.

– Tu ne me parles pas sur ce ton, Léo ! Dans deux jours, tu rentres en CE2, et tu dois passer un test, tu le comprends, ça ? Enlève ce t-shirt, répète maman tout en ouvrant mon sac à dos pour vérifier si je n’y ai pas planqué une balle, ne serait-ce qu’une petite en mousse.

C’est trop abuser, je fais une crise, je lui dis qu’elle ne comprend rien, que c’est très important que je porte ce maillot ce matin, mais elle répète plus fort :

– Tu enlèves ce t-shirt, Léo, tout de suite ! Il t’arrive aux genoux, en plus, tu es ridicule.

Je crie plus fort qu’elle quand, de derrière la porte fermée de sa chambre, la voix furieuse de Michel me calme instantanément.

– C’est possible de dormir dans cette maison ?

Occasion manquée, dirait papa.

Je retiens mes larmes et je retire le maillot de Lionel Messi. Je tends à maman la balle en mousse, cachée dans ma trousse. Je ne veux pas que Michel soit énervé par ma faute. Surtout pas. Par sa faute à elle, en fait.

Avant de me mettre en route pour le centre de loisirs, je prends le téléphone mural dans la cuisine, et discrètement j'appelle Dora, mais je tombe encore sur son répondeur.

Le temps est clair comme en plein été, mais un peu frais quand même, il est encore tôt. Maman me demande de mettre mon blouson noué autour de ma taille. Je fais comme si je ne l'avais pas entendue. Pendant l'attente du bus et tout le trajet du bus jusqu'à mon école transformée en centre de loisirs, on ne s'adresse pas la parole.

En sortant du bus, maman me sourit et me prend la main, mais sa main, je n'en veux pas, et je marche devant, tout seul.

À deux cents mètres environ de mon école,

je repère une canette de bière vide, et je me mets à shooter dedans, pas trop fort au début, tout en ciblant le point précis où je veux qu'elle atterrisse – je suis champion à ce jeu, Michel aussi. C'est lui qui m'a appris que, pour jouer au foot, on n'avait pas toujours besoin d'un ballon. Je n'écoute pas la voix de maman crier derrière moi : « Arrête avec cette canette, Léo ! »

Comment peut-elle m'empêcher de jouer alors qu'elle a la preuve qu'avant même de savoir marcher j'avais un ballon au bout du pied ? Elle a même fait un petit film qui condense en trois minutes mes exploits. Pour prouver que c'était pas des blagues, ce qu'elle racontait, elle sortait de son sac son téléphone et elle montrait le film à des amis de passage, à des voisins, et même à des inconnus rencontrés à l'arrêt du bus ou dans les files d'attente à la caisse du supermarché. Couche-culotte encore collée aux fesses, on me voit en train de taper dans un ballon couvert d'étoiles dorées ; encore instable sur mes jambes, je cours après un ballon rouge sur la plage de Saint-Jean-de-Monts ; allongé sur le dos, je m'entraîne à faire passer un ballon multicolore d'un pied sur l'autre ; je suis endormi, c'est la nuit et je serre mon ballon contre moi ; j'ai cinq ans et je cours derrière mon grand frère Michel, abasourdi lorsque je réussis pour la première fois de ma vie un tacle et qu'il perd le ballon sous les hurlements enthousiastes de papa. C'est le mois de mars, j'ai sept ans, nous sommes allés fêter le printemps au parc, sous le grand saule, à notre endroit préféré, près de notre « terrain de foot ». Harry est avec nous, et tous les trois, très vite, nous commençons à jouer. Papa se joint à nous et nous propose une séance de penaltys. Michel et Harry me demandent de prendre la place de gardien de but. Je râle, je trouve ça injuste, je suis trop petit, j'aurais préféré être attaquant. Malgré tous mes efforts, ma concentration, mes sauts, impossible d'arrêter les tirs d'Harry, de Michel, ni même ceux de papa, qui peut encore tirer de son pied droit, et il tire fort. Aucun ne me fait de cadeaux, mais je veux continuer, et je réussis enfin à arrêter un tir de papa, un seul. Il faisait semblant de se déporter à gauche alors qu'il allait tirer à droite, et son ballon, je l'ai stoppé net, et de la tête, en plus. On entend des applaudissements et la voix de Michel qui crie : « Bravo Léo ! »

C'est cette séquence que maman a gardée dans son téléphone, et c'est la dernière fois qu'elle m'a filmé. Jamais plus elle ne brandit son téléphone pour donner la preuve au monde entier qu'elle a un fils génial.

Je m'en fiche que maman ne montre plus ce film, qu'elle s'énerve contre papa lorsqu'il s'installe avec moi sur le canapé pour me lire un article de *L'Équipe*, qu'elle me regarde d'un air mauvais lorsque je me précipite vers mon ballon de foot à la moindre occasion, je continue à dribbler avec la canette de bière en imaginant Messi ou Ronaldo essayer de me la reprendre sans y arriver. Je continue à jouer malgré la voix de maman qui répète : « Arrête avec cette canette, Léo ! », je rêve qu'un jour je serai n° 10 dans l'équipe de France, qu'on m'appellera le nouveau Leo Messi et que Michel sera notre capitaine. Tout en zigzaguant avec ma canette, j'imagine Michel à deux mètres de moi, son sourire qui m'encourage, la passe que je lui fais, précise, et je m'arrête soudain.

Ça me paraît clair tout à coup. Jamais Michel ne viendra me chercher. Pas parce qu'il est envoûté. Mais parce qu'il a autre chose à penser. Autre chose à faire. Il s'en fiche du football. Il s'en fiche de son petit frère.

Sans viser un point précis, je tire, et la canette atterrit dans le caniveau, à dix mètres de l'école. Je cours la récupérer de la pointe de mon pied, sans obéir à la voix de maman qui hurle :

– Arrête avec cette canette, Léo ! C'est la dernière fois que je te le répète !

Dans la rue, pas une voiture en vue. Sur le trottoir d'en face, pas un passant, seulement un réverbère. Impossible de renoncer à tirer, juste une dernière fois avant d'être enfermé entre quatre murs sans pouvoir jouer au foot toute une journée. Je prends un temps et je tire, pas trop fort, pas trop mou non plus, juste ce qu'il faut pour que la canette atterrisse pile au pied du réverbère. Un exploit. Mais personne ne l'a vu, sauf maman. Avant le mois de juin, elle m'aurait applaudi. Avant son rendez-vous avec Mme Soupault, elle aurait même filmé la scène, elle l'aurait montrée à Michel et il aurait crié : « Bravo, Léo ! »

Excédée, me menaçant des pires punitions, maman traverse la rue en courant, ramasse la canette du bout des doigts et cherche une poubelle où la jeter. Je n'attends pas qu'elle en trouve une. Sans lui dire au revoir, je franchis la porte de l'école.

Je déteste le centre de loisirs, surtout l'été. Surtout quand c'est la canicule. On nous emmène au parc et on nous interdit de jouer plus de cinq minutes. On risque la déshydratation, l'hôpital, les urgences. C'est ce que nous disent les animateurs. En dix-sept jours, pas une seule partie de foot. Pas un seul copain, pas une seule copine non plus.

En fin d'après-midi, papa m'attend comme il le fait depuis le retour des grandes vacances. À cause de moi, pour être à l'heure, il quitte son travail plus tôt et, en contrepartie, il part tous les matins à l'aube. À cause de notre voisine aussi, qui n'est plus trop d'accord pour aller me chercher et me garder depuis qu'en jouant au ballon malgré son interdiction j'ai fait exploser une vitre de son salon.

Quand je vois papa agiter ses grands bras, je suis déçu et je réponds à son sourire par une grimace. Je suis sûr que papa a vu ma grimace parce qu'il ne sourit plus, mais tant pis, il le sait, de toute façon, que ce n'est pas lui que j'aurais voulu voir.

Nous marchons lentement. Depuis son accident, papa ne peut plus marcher vite, et encore moins courir.

Même si je sais que Michel ne m'aime plus comme avant, je n'ai pas pu m'empêcher d'espérer toute la journée qu'il viendrait quand même me chercher, au moins une fois, une seule fois. Je l'imaginais là, devant la porte, à la place de papa, à m'attendre avec son sac de sport, et tous les deux, avant de reprendre le bus pour rentrer chez nous, on aurait pris le chemin du parc et on aurait joué. Je me serais donné à fond, et tout serait redevenu comme avant, quand il aimait jouer avec moi, au parc, à la maison, dans la rue, n'importe où, quand il était mon entraîneur.

Mais Michel n'est pas là. Depuis cet été, il aime mieux observer les cartes du monde que les terrains de foot. Il passe une heure par jour enfermé dans la salle de bains à essayer son nouveau rasoir ou à maudire un bouton

sur son front. Le reste du temps, il consulte l'écran de son nouveau téléphone. Cet été, au lieu de profiter de la plage vide, tôt le matin, il dormait jusqu'à l'heure du repas. Il se faisait des tartines et buvait un chocolat glacé pendant qu'on faisait griller des sardines. Il s'en fichait du rendez-vous avec Mme Soupault, de mes disputes avec maman. Rarement il nous rejoignait à la plage et lorsqu'il le faisait, c'était pour faire deux ou trois passes avec moi, et juste après, il allait voir les parents pour leur demander l'autorisation d'aller rejoindre ses nouveaux amis. « Il vient d'avoir quatorze ans, il a envie de prendre le large », m'expliquait papa, ce qui pour moi n'expliquait rien du tout.

– Alors, mon petit bonhomme, tu as retrouvé des copains de ta classe, aujourd'hui ? me demande papa en s'arrêtant devant une des entrées du parc.

– Mes copains, c'est Dora et Oleg. Ils y vont jamais, au centre.

– Jamais ? Ils ne travaillent pas, leurs parents ?

– Mes copains, ils ont des grands-mères et des grands-pères qui vivent dans des maisons avec des jardins grands comme des terrains de foot. Et quand ils y vont pas, ils ont des grands frères qui les gardent.

– Ah ! soupire papa. Tu veux aller faire un tour au parc avant de rentrer ?

– J'ai pas de ballon. Toi non plus. C'est nul, le parc, sans ballon.

– Bon, répond papa.

Sans rien dire, on rebrousse chemin et on se dirige vers l'arrêt de bus toujours aussi lentement.

Juste avant l'arrivée du bus, papa me demande de lui rappeler qu'on doit absolument trouver un bouquet de persil et deux oignons blancs. Il insiste comme si c'était la chose la plus urgente au monde. Je lui réponds en haussant les épaules.

Dans l'appartement, pas un bruit. Michel est dans sa chambre, porte close. Dix-sept jours que nous sommes revenus de vacances, dix-sept jours que je pars le matin au centre pendant que Michel dort, dix-sept jours que je reviens du centre et que sa porte est toujours fermée. Comment j'ai pu croire ce matin qu'il serait réveillé, debout dans la cuisine, à rigoler en me voyant avec le maillot de Lionel Messi ?

Je ne le dérangerai pas, je n'en ai pas envie. D'accord, il a quatorze ans et demi, et il a autre chose à faire que d'aller chercher son petit frère au centre de loisirs et de s'en occuper jusqu'à l'arrivée des parents, mais même si Dora a raison, même si on lui a jeté un sort, est-ce une raison pour ne plus jamais m'appeler « tête d'œuf », surnom qu'il m'a donné à ma naissance parce que j'étais chauve ? Pour ne plus me demander comment s'est passée ma journée ? Pour ne plus me lancer une balle en mousse sortie de sa poche à n'importe quel moment pour vérifier mes réflexes, voir si je suis capable de la rattraper au vol, ce que je réussissais souvent et qui nous faisait rire. Je jette rageusement mon sac à dos sur mon lit. De la cuisine, j'entends la voix de papa :

– Tu viens m'aider à préparer le dîner, Léo ?

Dans la cuisine, papa a déjà mis les pommes de terre épluchées et lavées dans l'autocuiseur. Sans même me regarder, il me tend le bouquet de persil qu'il était si urgent de se procurer, un bol et des ciseaux. Il s'est mis en tête de préparer un hachis parmentier, un plat super long à faire et qui ne sera jamais prêt pour l'heure du dîner.

Je prends le bol, le persil et les ciseaux et je les pose un peu trop fort sur la table.

– Moi, je m'occupe des oignons, on peut échanger si tu veux, me propose papa en sortant d'un placard une planche en bois et son couteau blanc japonais.

– Tu sais très bien que j'ai pas le droit de me servir de tes couteaux.

– Alors sers-toi des ciseaux et occupe-toi du persil. Tu peux aussi vider le lave-vaisselle, si tu préfères.

Je choisis évidemment le persil. Ma tâche consiste à couper les feuilles très fin dans un bol. C'est moins pénible que d'éplucher des oignons, mais pénible quand même parce que papa ne veut pas des tiges, seulement des feuilles. En soupirant, je prends un brin de persil et je commence à détacher chaque feuille. Elles sont encore humides et se collent à mes doigts. Je soupire un peu plus fort.

Chez Dora et Oleg, les enfants ne font rien. Ils attendent seulement qu'on les appelle pour leur dire de venir dîner et, lorsqu'ils ont fini, ils ne débarrassent pas, ils sortent de table et vont jouer alors que Michel et moi, depuis qu'on est tout petits, on doit participer aux tâches ménagères. Par exemple, réfléchir à un menu d'anniversaire, prévoir les courses, cuisiner, préparer la fête, décorer la table, accrocher des ballons. Ça, c'est ce que je préfère, surtout la veille de mon anniversaire. Autres exemples : mettre la table, la débarrasser, passer une éponge sur la toile cirée ; ranger la vaisselle dans le lave-vaisselle, le vider et tout ranger dans les placards ou couper très fin des feuilles de persil dans un bol, ça, j'aime pas. Pas du tout même. Mais je le fais quand même.

Pendant ce temps, papa coupe les oignons en lamelles, et il pleure. Ça me fait drôle, toutes ces larmes dans ses yeux. Pendant que papa pleure et que j'enlève chaque feuille de ces maudites tiges, je pense à Michel, dans sa chambre, en train de recopier une carte de géographie ou de répondre aux messages de ses nouveaux amis, allongé sur son lit.

– Pourquoi il vient plus jamais nous aider, Michel ?

Papa n'y tient pas. Lui non plus ne veut pas le déranger et de toute façon, m'explique-t-il, il n'a plus envie de Michel dans sa cuisine depuis le jour où celui-ci a confondu le sel avec le sucre et qu'il a dû jeter l'intégralité de son plat : une paella.

Tout en faisant rissoler les oignons, papa me dit :

– Demain, c'est ton anniversaire et ton dernier jour au centre. Et donc ta dernière chance de demander à Michel s'il veut bien aller te chercher.

– Quand ? Je le vois jamais.

– Il est toujours avec nous à l'heure du dîner.

– Il a pas envie d'être avec nous, il se dispute avec maman, il fait comme si j'existais pas, tout ce qu'il veut, c'est être enfermé dans sa chambre.

Je ravale mes larmes et je regrette de ne pas avoir choisi les oignons, finalement, j'aurais eu une bonne excuse pour pleurer.

– Tu as raison, il n'est pas au mieux de sa forme, ton grand frère, reconnaît papa. Il est même carrément hors jeu. Difficile de lui parler. Il faut trouver une occasion ou l'inventer.

– J'ai essayé ce matin, mais, à cause de maman, ça n'a pas marché. Tu pourrais l'obliger, toi, à venir me chercher. Pourquoi tu l'obliges pas ?

Papa se lave les mains et les essuie sur son tablier avant de me donner sa réponse.

– L'obliger ? Non. Mauvaise idée. C'est à toi de lui demander. Et ce soir, tu as une bonne fenêtre de tir.

– Ah bon ? Laquelle ?

– Le hachis parmentier ! Le plat préféré de Michel. On va l'épater ! Lui faire retrouver sa bonne humeur ! Tu vas voir, ça va marcher. Passe-moi le bol de persil. Bravo. Beau travail.

Je lui fais un clin d'œil, et je reprends espoir.

Pendant qu'il pèle les pommes de terre, je vide le lave-vaisselle et je mets la table.

3

Mardi, 1er septembre, dîner

Il est plus de 8 heures, il fait encore jour, le hachis parmentier est en train de refroidir et Michel n'est toujours pas sorti de sa chambre. Après trois appels exaspérés de maman, il déboule enfin dans la cuisine, les yeux à moitié fermés, comme aveuglé par la lumière, les cheveux dans les yeux, les vêtements tout froissés comme s'il avait dormi tout habillé. En le voyant, je me dis : « C'est mort. »

Il n'est pas de mauvaise humeur comme les autres soirs, n'a aucune envie de se disputer avec maman, et il ne lui répond pas lorsqu'elle lui lance : « Bonsoir Michel, bien dormi ? » Il ne remarque pas que papa et moi, on a cuisiné un hachis parmentier exprès pour lui. Il ne lève même pas la tête quand papa lui dit que je l'ai aidé. Il ne desserre pas les lèvres, ni pour parler, ni pour manger.

Tout ce que fait Michel devant son assiette pleine, c'est regarder l'écran de son téléphone, parfois fixement, parfois très vite comme si c'était involontaire, comme si ça ne l'intéressait pas vraiment, ce téléphone posé là, sur la table.

Ratée, la fenêtre de tir. Au regard qu'on échange, je comprends que papa est d'accord avec moi, mais, comme je baisse la tête, il me fait son signe du menton qui veut dire : «Tout n'est pas encore perdu, relève-toi, le match n'est pas encore fini. Pense à Lionel Messi, pense à Michel Platini. Jusqu'à la dernière seconde, jamais ils ne se découragent.»

– Tu attends un appel ? demande maman à Michel. C'est si urgent ?

Depuis qu'elle est rentrée, maman est d'une humeur massacrante. Je croyais que c'était à cause de moi, de Mme Soupault, de la balle

en mousse, de Lionel Messi et de la canette de bière, mais non. Pas une seule allusion aux deux premières heures du matin, à la rentrée des classes après-demain, à l'importance de cette année. C'est après Michel qu'elle en a. Elle en veut surtout à papa de ne pas intervenir, de la laisser toute seule avec son inquiétude. Maman est devenue championne d'inquiétude.

– Tu n'as pas touché au hachis parmentier, je te remets ton assiette à réchauffer ? demande papa d'une voix normale, et je ne sais pas comment il fait pour être aussi calme.

Michel regarde encore un moment son téléphone, puis son assiette, et soudain il se met à manger, une bouchée après l'autre, le regard dilaté et fixe, c'est tout juste si je ne vois pas danser des ronds devant ses yeux comme devant ceux de Mowgli lorsqu'il est hypnotisé par Kaa, le serpent.

Dans son immeuble, Dora connaît des gens qui lancent des sorts et celui qui les reçoit, après, il n'a plus toute sa tête, et même parfois plus de tête du tout. Elle me l'a dit, et c'est ce qui arrive : Michel a perdu la tête et moi j'ai perdu mon grand frère.

Papa et maman échangent des regards. Ils se parlent souvent avec les yeux et je comprends très bien ce qu'ils se disent. Maman voudrait que papa demande des explications à Michel, qu'il le réveille, qu'il le secoue, qu'il le fasse revenir parmi nous. Papa choisit une autre stratégie. Ne pas intervenir, ne pas s'occuper de Michel, le laisser tranquille, parler d'autre chose. Faire diversion. Maman finit par accepter. Je l'entends à son soupir. Elle attaque la première, et ça ne me plaît pas. La diversion, c'est moi.

– Alors, Léo ? Ça fait quoi d'avoir huit ans demain ? me demande maman, et comme je ne lui réponds pas, fasciné par la manière dont Michel engloutit le hachis parmentier que papa et moi avons mis deux heures à préparer, elle ajoute, comme si elle s'en souvenait soudain et avec une voix bizarre :

– Il ne faudra pas oublier d'aller chercher le saint-honoré !

Un grand silence lui répond. Maman ne sait plus quoi ajouter.

– On ira après le centre, promet papa, à l'instant où le téléphone de Michel sonne, kling, un message, ce qui nous fait sursauter tous les quatre.

Michel pose sa fourchette, repousse son assiette, prend son téléphone, ses mains tremblent. Il lit le message et, le visage sombre, il se ressert de hachis parmentier. Son assiette pleine, il reste un moment les yeux dans le vague et il recommence à manger plus lentement cette fois, comme un robot déglingué. Il me fait peur.

Papa reprend sa stratégie, faire comme si de rien n'était, et ça repart sur le saint-honoré. Papa et maman se font des passes.

– Aucun risque qu'on oublie le saint-honoré, commence papa d'une drôle de voix.

– J'espère bien, dit maman, nous rappelant notre attachement à ce gâteau, notre préféré entre tous, que nous avons essayé de préparer ensemble tant de fois, tentatives chaque fois ratées.

– Une bonne dizaine de recettes.

– À trois ans, Léo, tu savais déjà te servir de la poche à douilles.

– C'est un gâteau qui rend fou, il y a toujours quelque chose qui ne va pas.

– Soit les choux sont trop durs, soit ils sont trop crus.

– Soit le caramel a brûlé...

– Soit la chantilly n'est pas assez ferme !

Échec sur toute la ligne. Michel n'écoute

rien, se sert pour la troisième fois, racle la moindre miette de purée jusqu'à ce que le plat soit vide. Au moins, on n'aura pas besoin de le frotter avec le côté vert de l'éponge avant de le mettre dans le lave-vaisselle.

– Heureusement que notre pâtisserie avait changé de propriétaire et la nouvelle spécialité était le saint-honoré ! Et quel saint-honoré ! Tu te souviens, Léo, quand papa a ouvert le carton blanc le jour de tes cinq ans ? s'exclame maman qui en fait trop, trois fois trop.

Oui, je m'en souviens. Le saint-honoré était un délice. Mais je m'en fiche de ce gâteau et Michel, encore plus. Il avale le contenu de sa troisième assiette, le regard toujours fixe.

– Le saint-honoré, c'est sacré, conclut maman, épuisée, et devant notre absence de réaction elle épluche un kiwi dans un silence pesant.

C'est alors que papa me regarde et me fait son signe du menton. Impossible, je n'y arriverai pas. Mais papa insiste et je crois entendre sa voix: «Vas-y, Léo, lance-toi, tu n'as plus rien à perdre.»

Tout doucement, je l'appelle:

– Michel…

Aucune réaction, comme je m'y attendais, alors je recommence, un peu plus fort.

– Michel!

Il ne réagit toujours pas, mais, sur un signe de papa, je reviens à la charge en laissant des blancs entre les mots parce que c'est difficile de parler à un robot.

– Demain, j'ai huit ans… c'est mon dernier jour au centre… après… c'est la rentrée des classes. Tu pourrais…

Inutile d'aller plus loin, mes paroles s'écrasent. Michel ne me voit pas, ne m'entend pas. Ses gestes sont de plus en plus lents puis sa fourchette reste suspendue dans le vide. Il ressemble à un robot dont les piles sont mortes.

Je fais comme lui, je regarde dans le vide et je me tais. Papa me fait des signes, mais je le sais, maintenant, Michel ne viendra pas me chercher au centre de loisirs, il ne veut plus être mon grand frère, il n'aime plus le foot, il ne sera plus mon entraîneur, c'est mort. Combien de temps ça peut durer, un sort ? J'ai envie d'appeler Dora, elle a dû rentrer, c'est la fin des grandes vacances, j'ai envie de pleurer, mais je ne pleure pas, je serre les dents, en silence, pendant que maman communique avec papa, toujours avec les yeux. Elle veut qu'il dise quelque chose à Michel, maintenant, tout de suite, mais papa ne veut pas, pas encore. Il attend.

Nous restons silencieux pendant trois minutes à regarder Michel, sa fourchette à la main, complètement immobile, quand soudain, comme si quelqu'un avait changé les piles, Michel se remet en mouvement.

Maman pousse un soupir de soulagement. Moi, j'observe chaque geste de Michel. Il a posé sa fourchette dans son assiette ; il prend son téléphone et il relit le dernier message qui l'a si peu intéressé cinq minutes avant. D'un coup, il retourne son téléphone pour s'empêcher de regarder l'écran, comme on retourne une carte. Après, il pousse un grand soupir, il rabat ses mèches rebelles en arrière, se masse les tempes et se met à me fixer, moi, longtemps, les traits tendus, comme s'il me revoyait après une longue absence. Soudain, il plonge sa main droite dans sa poche.

Mon cœur ne fait qu'un bond, je suis debout, sur le qui-vive, je m'attends à le voir me lancer une balle en mousse, je me tiens prêt, mais sa main lorsqu'il la sort de sa poche est vide. Pourtant, Michel me sourit sans que je réussisse à comprendre ce que ce sourire veut dire.

D'un mouvement brusque, il repousse sa chaise, se lève, et tout en me regardant, très réveillé soudain, de retour parmi nous, comme si le sortilège avait cessé d'un coup, il s'éclaircit la voix et il s'y prend à plusieurs fois comme quelqu'un qui n'a pas parlé depuis longtemps. Papa, maman et moi, nous sommes suspendus à ses lèvres.

– Pour fêter ce jour exceptionnel, les huit ans de mon petit frère, déclare Michel – en détachant chaque mot comme s'il avait réfléchi longtemps à ce qu'il allait dire –, je n'irai pas le chercher demain au centre de loisirs. Léo n'aura pas besoin d'y aller. Je le garderai jusqu'à votre retour. On passera la journée tous les deux, tête d'œuf, sans les parents, seulement nous deux. Ah, au fait, délicieux, le hachis parmentier, merci.

Après cette déclaration qui nous laisse assommés tous les trois, Michel s'assoit, avale le contenu de sa fourchette et se sert une pleine assiette de salade.

Qu'est-ce qu'il a dit, Michel ? Il viendra me chercher ou il ne viendra pas ? Non, il ne viendra pas. Il n'aura pas à venir, il sera avec moi toute la journée ! C'est ce qu'il a dit ?

Cette fois, c'est le téléphone mural de la cuisine qui sonne, la ligne fixe. Michel continue à manger sa salade, jamais personne ne l'appelle sur cette ligne. À la deuxième sonnerie, maman se décide à répondre, persuadée que c'est encore un démarcheur qui veut vendre un abonnement ou une assurance ou autre chose. Elle voudrait supprimer cette ligne, mais moi, je suis contre, parce que parfois, quand ce téléphone sonne, c'est pour moi. Et ce soir, justement...

– Pour toi, Léo, c'est Dora, me dit maman.

J'hésite à prendre le combiné, je ne suis pas sûr d'avoir bien compris ce que Michel a dit. Et si j'ai bien compris, est-ce que maman sera d'accord ? Est-ce qu'elle ne va pas tout gâcher pendant que j'irai parler à Dora ? D'un autre côté, ça fait deux mois que je n'ai pas entendu la voix de ma meilleure amie, et elle m'appelle ce soir ! C'est un signe.

– C'est Dora, me répète maman.

Le combiné plaqué contre l'oreille, je disparais dans le couloir, et tout de suite, avant même qu'elle prononce un mot, je chuchote à Dora que je ne peux pas lui parler maintenant parce que mon frère vient tout juste d'être désenvoûté.

– Le sortilège s'est envolé d'un coup, comme tu me l'avais dit, j'ai rien eu à faire, mais il faut que j'y aille, je suis pas sûr d'avoir tout compris, et je raccroche très vite en lui promettant de tout lui raconter plus tard, ce soir, demain, ou après-demain à la rentrée, quand on se verra.

Dans la cuisine, pas un mot n'a encore été échangé.

Maman a l'air complètement perdue. En dix-sept jours, c'est à peine si Michel a prononcé plus de dix phrases, alors, forcément, ça lui fait un peu drôle, ce long discours inattendu. Papa attendait que je revienne pour rompre le silence.

Il trouve que l'idée de Michel de me garder demain toute la journée est excellente, et il le répète encore et encore. Il a toujours fait confiance à Michel. Il lui donnerait les clés de la maison pour un mois sans se faire le moindre souci.

Il en fait trop ; maman se réveille d'un seul coup, et comme je m'y attendais, elle ne partage pas du tout son enthousiasme.

– Ce n'est pas la maison qu'on confie à Michel, c'est Léo, et jamais Michel n'a gardé Léo plus de quatre heures. Ça fait des semaines que Michel dort toute la journée, qu'il ne nous adresse pas la parole, qu'il se comporte d'une manière bizarre et on lui confierait Léo toute une journée ? Pas question !

Elle rappelle à Michel que je n'ai que huit ans et que je demande beaucoup d'attention. Michel, qui a repris des couleurs, lui rappelle qu'il en a quatorze, qu'il a un téléphone, qu'il répondra à ses messages à condition qu'elle n'exagère pas et qu'il n'y a aucune raison a priori pour que je déclenche un incendie en mettant le feu aux rideaux ou que je provoque une inondation en ouvrant tous les robinets de la maison. Papa éclate de rire.

Maman ne trouve pas ça drôle. Me confier une journée à Michel, une journée entière ?!

Et qu'allons-nous faire ? Aller au parc ! Jouer au foot, bien entendu ! Et sa promesse à Mme Soupault ? Non, elle préfère que je passe la journée enfermé au centre. Mais, lorsqu'elle croise mon regard suppliant, elle est prête à faire une concession : Michel pourra venir me chercher après, en fin d'après-midi.

– Et toi, Léo, tu en penses quoi ? me demande papa.

Moi, je commence seulement à comprendre. Michel est guéri ! Je vais passer une journée entière avec mon grand frère ! Sans les parents ! Forcément Michel m'amènera au parc, forcément on prendra son ballon ou le mien, forcément on jouera au foot, tous les deux, pendant des heures, que maman soit d'accord ou non. Je suis surexcité, mais je ne le montre pas. Je dis juste en m'éclaircissant la voix et en détachant chaque mot comme Michel :

– Ce serait mon plus beau cadeau d'anniversaire.

Maman hésite encore, papa insiste, maman résiste. Une journée, c'est beaucoup trop, Michel pourrait venir me chercher après la cantine, à la rigueur. Papa n'est pas d'accord. Ils se disputent. Pendant ce temps, Michel et moi, on a débarrassé la table, mis les casseroles à tremper, empilé les assiettes, aligné les verres.

À 21 h 30, maman cède. C'était couru d'avance. À trois contre un, elle n'avait aucune chance. Mais c'est mal connaître ma mère que de croire qu'elle renonce si facilement.

– C'est d'accord, Michel. Mais à deux conditions. Tu dois me promettre de te réveiller à une heure raisonnable et de faire travailler Léo deux heures dans la journée.

Papa trouve qu'elle exagère, demain, c'est mon anniversaire. Michel, lui, promet, la main sur le cœur.

Je suis fou de joie. Du coup, je remplis le lave-vaisselle, et je passe l'éponge sur la table.

4
Mercredi 2 septembre, matinée

À 06 h 57, je suis assis sur le canapé du salon à attendre le réveil de Michel, déjà prêt, en short, baskets à crampons, chaussettes hautes, mon ballon de foot serré contre moi. À mon poignet droit, je n'ai pas oublié de mettre ma montre, je sais très bien lire l'heure. Je n'ai pas le droit de la mettre à l'école, alors souvent je l'oublie. Mais pas aujourd'hui.

À 07 h 12, maman, encore en pyjama, traverse le salon et, en me voyant, elle pousse un long soupir.

– Tu sais que cette année ça doit changer, Léo. Aujourd'hui, c'est ton anniversaire,

Michel te garde, c'est exceptionnel. On est bien d'accord ?

Elle a encore beaucoup de choses à me dire sur la rentrée des classes, sa promesse à Mme Soupault, sa crainte qu'à cause du football son fils ne devienne analphabète. Heureusement, papa l'appelle et je reste là, immobile sur le canapé, à imaginer la journée fantastique que je vais passer avec mon grand frère.

De temps en temps me parviennent des bruits : celui de la vieille cafetière qui ressemble au gloussement d'une poule et que maman ne voudrait changer pour rien au monde, celui du pas claudicant de papa dans le couloir, celui des claquements de portes des placards. À ma montre, il est 07 h 48. J'attends avec impatience que mes parents s'en aillent.

Au moment où je vais me lever, attiré par une odeur de pain grillé en provenance de la cuisine, papa vient me rejoindre, en chemise blanche et blouson de cuir, content d'avoir gagné deux heures de sommeil ; il a encore de la crème à raser sur les joues. Il chuchote et je comprends qu'il ne tient pas à ce que maman nous entende. Il m'informe que Michel dort, ce que je sais déjà, il laisse un silence et il ajoute :

– Il a passé une mauvaise nuit. À l'aube, il ne dormait pas encore. Ne le dérange pas avant 10 heures.

À cette nouvelle, mon cœur s'accélère. Une mauvaise nuit ? Et si le sortilège était revenu ? Elle en a parlé, Dora ? C'est possible, ça ?

– Michel va me garder ? Il a pas oublié ce qu'il a dit hier ? C'est toujours d'accord ?

– Chhuuut, calme-toi, Léo, me dit papa en me désignant la porte du salon.

Sac en bandoulière sur l'épaule, déjà prête à partir, maman me fait promettre de ne pas jouer au ballon dans la maison, de rappeler à Michel sa promesse de me faire travailler deux heures et d'aller chercher le saint-honoré. Papa me chuchote à l'oreille qu'il m'a préparé des pancakes pour mon petit-déjeuner. Maman m'autorise à regarder un dessin animé en attendant le réveil de Michel. Ils me souhaitent un joyeux anniversaire, me font une bise et ils me disent à ce soir.

À ma montre, il est 08 h 03. Je mange trois pancakes et j'en laisse un à Michel, je bois deux verres de lait, j'avale deux compotes, je regarde la compilation de Messi deux fois, en faisant des pauses et des retours-arrière, et cinq épisodes des frères Dalton que je connais déjà par cœur, mon ballon de foot toujours serré contre moi.

À 9 heures, je prends le téléphone mural, je retourne dans le salon, je m'installe confortablement sur le canapé et j'appelle Dora ; je connais son numéro par cœur, mais je tombe encore sur son répondeur. Je ne laisse pas de message. Je ne sais pas parler à un répondeur.

Il est 09 h 57 quand je mange le pancake de Michel.

Trois minutes plus tard me parvient de sa

chambre la sonnerie d'un réveil. Deux minutes plus tard, mon grand frère apparaît, torse nu, en caleçon, son téléphone à la main.

Tout de suite, je repousse ma chaise.

– On y va quand, au parc ? On se prépare un pique-nique ? On y reste toute la journée ? On prend mon ballon ou le tien ?

Plus je le mitraille de questions, plus je sais que j'ai tort. Envoûté ou désenvoûté, à son réveil, Michel n'aime pas qu'on lui adresse la parole, que papa mette la radio trop fort, que maman utilise le presse-jus électrique. Je le sais, mais je l'ai attendu trois heures, et je continue à tourner autour de lui comme un papillon de nuit autour d'une lampe et, à la fin, il se passe ce qui devait se passer.

– Tu arrêtes ça tout de suite, Léo.

– Bon, mais si on y va pas maintenant, alors…

– Tu arrêtes *illico*.

Je baisse la tête, assommé par ce mot. Jamais je n'aurais dû énerver Michel dès son réveil. Il va changer d'avis, s'arranger avec la voisine pour qu'elle me garde. Il ne m'amènera pas jouer au parc. Est-ce qu'il en a parlé, d'ailleurs ? Est-ce que je n'ai pas tout inventé ? Comment ai-je pu croire qu'on allait passer toute la journée tous les deux, à taper dans un ballon ?

Michel se dirige vers la table du petit-déjeuner, consulte son téléphone et se verse un verre de lait qu'il boit d'un trait puis un deuxième qu'il repose en tapant très fort sur la table.

Mais ce n'est pas après moi qu'il en a en fait, moi, il m'a complètement oublié. Le visage tourné vers la fenêtre, il contemple le ciel bleu sans le voir. Il a le regard vide, celui qu'il avait hier soir, celui qu'il a eu tant de fois depuis le soir de ses quatorze ans.

Et s'il allait m'abandonner toute la journée et s'enfermer dans sa chambre ? À cette pensée, j'ai envie de crier son prénom pour le réveiller mais ma gorge est nouée, je ne respire plus, je sens que je vais exploser quand Michel se retourne lentement, regarde une dernière fois l'écran de son téléphone et, les traits figés comme un guerrier prêt au combat, il l'éteint. Il n'a pas mis son téléphone en silencieux, il l'a éteint, écran noir. Ça me fait presque mal.

Lui, très vite, il se détend, il a même l'air très content. Son téléphone, il le range dans un tiroir, puis il me regarde de la tête aux pieds. Je n'ai pas bougé d'un centimètre, mon ballon de foot toujours serré contre moi. Comme maman ce matin, Michel pousse un long soupir, mais ses yeux me sourient, l'étau qui m'empêchait de respirer se desserre. Je retrouve mon grand frère.

– Je sais que tu as très envie qu'on aille au parc tout de suite, Léo, mais tout de suite, c'est non. Alors voilà le programme. Tu me fiches la paix jusqu'à midi. On déjeune ici tous les deux et après, seulement après, j'ai prévu une séance de foot jusqu'à six heures. On rentre, on se douche, on prépare ta fête et on attend les parents. D'accord ?

Évidemment que je suis d'accord, mais

je ne peux pas m'empêcher de regarder ma montre et de lui faire remarquer que midi, c'est dans longtemps.

– Oublie cette montre, ordonne Michel, en me la retirant du poignet, et lâche ce ballon.

Je panique, je suis déjà prêt à m'excuser, à rester encore immobile deux heures sur le canapé du salon, à revoir la compilation de Messi et toute la série des frères Dalton, mais une fois encore, Michel me sourit.

– Pas avant midi, Léo, mais tu peux rester dans ma chambre avec moi, ce matin.

Je suis tellement abasourdi que je mets cinq secondes à réagir.

– Je te dérangerai pas, promis. Je vais chercher tous mes livres.

– Non, pas la peine, dit Michel. Je vais avoir besoin de ton aide. Mais, juste avant, tu me laisses tranquille le temps de prendre une douche et de m'habiller. Joyeux anniversaire, tête d'œuf!

Je suis tellement content que je n'arrive pas

à être content et je reste là, immobile, alors que Michel a déjà disparu dans la salle de bains.

Ça fait longtemps que je ne suis pas rentré dans la chambre de mon grand frère. Je l'ai juste aperçue les rares fois où la porte était ouverte. Je m'attendais à la trouver en désordre. Avant les grandes vacances, Michel laissait tout traîner et il ne fallait surtout pas essayer de ranger ses affaires. Or, à part une corbeille débordant de papiers déchirés, la chambre est impeccable. Même pas un t-shirt sale sur un dossier de chaise ou une vieille chaussette poussiéreuse sous son lit. Mais ce n'est pas le plus grand changement. Sur le mur tapissé de liège, il y a des taches blanches, rectangulaires. Michel a retiré tous ses posters de footballeurs.

– J'ai rangé ma chambre, cette nuit. J'ai mis de l'ordre. Ça m'a fait du bien, me confie Michel.

– Tu as même enlevé les posters de Michel Platini et de Lionel Messi ?

– Je les ai assez vus, je te les donnerai si tu veux. À la place, je vais mettre autre chose de plus intéressant.

Le cœur serré, je pense à ce que Michel a dit le jour de ses quatorze ans : il y a des choses plus importantes que le foot dans la vie.

– Quelle chose ?

– Une carte de géographie.

La géographie, j'aime pas, j'ai jamais aimé, mais je ne le montre pas. Tout à l'heure, on ira jouer au parc et Michel se rappellera qu'il n'y a rien de plus intéressant que le foot.

Debout sur l'escabeau, il me demande de l'aider à punaiser son nouveau poster sur le mur. Avec son argent de poche, il a commandé une carte géante représentant le monde. Ça nous prend du temps de l'installer. À la fin, la carte n'est pas tout à fait droite, mais Michel dit que ça n'a pas beaucoup d'importance et il a l'air très satisfait du résultat.

À mon grand étonnement, la carte est sans couleur et muette. Il n'y a rien d'écrit dessus. Pas un nom de pays, pas un nom de fleuve, pas un nom de ville, rien. Seulement un immense dessin en noir et blanc. Seulement le tracé des frontières.

– C'est exprès, m'explique Michel. Je veux pouvoir placer sur une carte tous les pays du monde et d'un seul coup d'œil. Et il y en a environ deux cents.

Je trouve que ça fait beaucoup, deux cents pays.

– Pourquoi tu veux les connaître tous ?

Michel hésite, fronce les sourcils, regarde ailleurs comme s'il se souvenait de quelque chose qui lui faisait un peu mal, puis il m'explique, de sa voix de professeur, comme il sait très bien le faire, mieux que papa, et cent fois mieux que maman, qui est tellement angoissée à l'idée que je ne comprenne rien que ça me paralyse.

– On ne comprend pas l'histoire d'un pays si on n'a pas en tête sa géographie, son relief, ses ressources naturelles, son climat, et ses frontières. Les guerres ne sont souvent que des histoires de frontières. Tu en connais combien, toi, des pays, tête d'œuf ?

– J'en connais plein.

– Je t'écoute.

J'énumère tous les pays dont je me souviens parce qu'ils ont gagné au moins une fois le Championnat d'Europe de football et au moins une fois la Coupe du monde. À mesure que je les énumère, Michel passe son index sur le contour de leurs frontières. Je reconnais la France, minuscule, sur la carte géante et je récite à toute allure.

– France, Espagne, Italie, Allemagne.

– Ne va pas si vite, Léo, laisse-moi le temps d'écrire leurs noms et visualise bien les pays sur la carte.

J'obéis à Michel et c'est facile, parce que ce sont tous des pays qui ont des frontières avec la France. Michel écrit leur nom au crayon.

– Italie… Je la reconnais, l'Italie, c'est une botte.

– Continue.

– Pays-Bas… Danemark. Ah, j'allais oublier l'Angleterre ! C'est une île !

– Pas tout à fait, me dit Michel.

Il me montre l'Angleterre que j'ai confondu avec la Grande-Bretagne. Il me montre aussi le Pays de Galles, l'Écosse et l'Irlande qui est coupée en deux, mais Michel ne me dit pas pourquoi. Je remarque que tous ces pays sont très forts au rugby, mais comme dans ma famille, le rugby, c'est pas notre truc, je me concentre sur l'Angleterre, un tout petit pays, encore plus petit que la France, Michel n'a même pas la place d'écrire son nom.

– Pourtant, c'est l'Angleterre qui a inventé le football, le rugby et le tennis, et le monde entier parle anglais, chante en anglais, voit des films en anglais. Même Mme Soupault, elle nous parlait en anglais le mardi matin.

Michel a la tête qu'il avait sur le petit film de maman lorsque, à cinq ans, j'avais réussi à lui reprendre le ballon.

– Bravo, Léo ! Tu as raison. C'est vraiment un pays très spécial, l'Angleterre, me répond Michel, et tout à coup, j'adore la géographie.

– Tu en connais d'autres, des pays ?

– le Brésil… l'Argentine… et l'Uruguay.

– Tu connais l'Uruguay, toi ? me demande Michel avec des rires dans la voix.

Il a enfin compris que je lui récite une liste

de pays qu'il avait lui-même appris par cœur lorsqu'il avait mon âge.

– L'Uruguay est le premier pays à avoir gagné la Coupe du monde de football, il y a presque cent ans, et une fois encore en 1950. Et depuis, plus rien. Ça doit être dur pour eux. En plus, c'est un pays tout petit, coincé entre deux géants du foot : l'Argentine et le Brésil.

Michel rigole. Il me fait remarquer que ma liste n'est pas tout à fait exacte. En Europe, j'ai oublié la Grèce, un drôle de pays sur la carte, des milliers d'îles, m'apprend Michel.

– Tu as oublié aussi l'Union soviétique, qui a gagné le premier championnat d'Europe en 1960, ajoute-t-il.

– C'est où, l'Union soviétique ? Elles sont où, ses frontières ?

Michel hésite, me dit que c'est compliqué, n'achève pas ses phrases.

– Laisse tomber. Elle n'existe plus, l'Union soviétique.

Puis il se tourne vers une autre partie de la carte et il me demande :

– Qu'est-ce que tu sais sur le Brésil, à part, bien sûr, qu'ils ont gagné cinq fois la Coupe du monde ?

– Le Brésil est un pays où le foot est une religion autant que la samba, je lui réponds, en répétant une phrase de papa.

Michel rigole encore. J'adore le faire rire, j'adore qu'il m'apprenne des choses, j'adore qu'on soit tous les deux, sans les parents. Michel passe son index sur les frontières du Brésil, un pays immense par rapport à la France et à l'Angleterre.

– Quinze fois plus grand que la France, me confirme Michel. Et la forêt amazonienne à elle seule, dix fois plus grande. Mais il y a plus grand encore – et il se tourne vers l'autre côté de la carte pour me montrer les frontières de la Russie, le plus grand pays du monde, trente-quatre fois plus grand que la France. Il me montre aussi la Chine et les États-Unis, les deux plus grandes puissances économiques mondiales. Et il s'arrête, il réfléchit, son regard devient fixe, et j'ai peur que Michel recommence à m'oublier alors je lui dis :

– Les États-Unis, la Russie et la Chine sont peut-être très grands et très forts, mais ils ont jamais été champions du monde de football.

Michel éclate de rire, et soudain, en une fraction de seconde, d'une poche de son sweat-shirt, il sort une balle en mousse et il me la lance. Je dois faire un saut très haut, pour la rattraper, je manque de me briser le crâne contre son armoire, mais je réussis. Tout de suite, je la relance à Michel qui la saisit au vol et la fait disparaître dans sa poche.

– Tu sais quoi ? J'ai la dalle. On va déjeuner plus tôt que prévu et aller au parc, juste après. Il fait un temps idéal pour jouer, autant en profiter, qu'est-ce que tu en penses ?

– Je suis d'accord ! On part à quelle heure ?

– Oublie l'heure. En attendant que je prépare les sandwichs pour le déjeuner, va faire ton sac, n'oublie pas de remplir ta gourde et de prévoir en plus une petite bouteille d'eau.

– J'en prends une pour toi, aussi.

– Prends pas mal de barres de céréales, on aura besoin de faire des pauses. Possible qu'Harry nous rejoigne au parc. Il m'a laissé un message, hier, pendant le dîner.

Sur le coup, je ne réagis pas, un peu sonné par cette nouvelle. Avant les vacances, Michel et Harry jouaient au foot régulièrement. Chaque fois que Michel donnait rendez-vous à Harry au parc et que j'étais là, ils faisaient semblant de jouer avec moi cinq minutes puis ils récupéraient le ballon, et ils le gardaient, impossible de le leur reprendre. D'un autre côté, Harry est le seul copain de Michel que je connais depuis que je suis né. Lui aussi, il a dû s'inquiéter de voir Michel se désintéresser du foot et se transformer en zombie. Il a vu plusieurs fois le petit film de mes exploits et il m'a avoué un jour qu'il aurait bien aimé avoir un petit frère comme moi. Alors, lorsque Michel me dit qu'il viendra peut-être nous rejoindre au parc, je lui réponds :

– Je prends aussi des barres de céréales pour Harry.

Pendant que Michel finit de préparer nos sacs, je reste dans sa chambre, assis sur son lit, et je regarde la carte géante et tous les noms de pays écrits au crayon par Michel. J'en connais au moins quinze.

Michel vient me chercher. Il s'est rasé, il a mis un short et ses chaussettes rouges.

5
Mercredi 2 septembre après-midi

Pour aller au parc, nous prenons le bus, celui que je prends tous les matins pour aller à l'école. Pendant les trois stations que dure le trajet, nous restons debout. Michel a posé sa main droite sur mon épaule et, de sa main gauche, il tient mon ballon. Les passagers nous sourient. Je regrette que Dora et Oleg ne soient pas là pour nous voir.

Dans le parc, il y a un terrain où on a le droit de jouer au foot, pas de la taille d'un vrai terrain de foot, bien sûr, mais suffisamment grand et vert pour que je puisse m'imaginer être au Stade de France. Deux rangées d'arbres le délimitent sur chaque côté. Il y a très peu de monde à cet endroit. Dora dit qu'il y a des bestioles dangereuses dans l'herbe qui s'incrustent sous la peau, vont jusqu'au cerveau et le dévorent, c'est pour ça que les gens n'y viennent pas. Il n'y a pas de banc ni de fleurs non plus, ni même une vue intéressante. Juste un saule pleureur géant, plus loin, sous lequel on vient pique-niquer parfois le dimanche quand il fait chaud.

C'est l'endroit du parc que je préfère, l'endroit idéal pour les joueurs de foot. C'est là qu'Harry est censé nous rejoindre mais, comme nous sommes très en avance, il n'est pas encore là – normal.

J'ai hâte de commencer à jouer. Michel se mettra entre les deux arbres qui nous servent de cage et occupera le poste de gardien de but et moi, je serai n° 10 dans l'équipe adverse, je lui ferai croire que je vais viser à gauche alors que je vais tirer à droite et… je marquerai ! Après, ce sera à mon tour d'être gardien. Cet été, je me suis entraîné avec des grands à la plage. J'ai même appris que le premier poste qu'Éric Cantona a occupé, c'est celui de gardien de but. Michel ne va pas le croire quand j'arrêterai tous ses tirs.

Lui aussi, il a décidé de ne pas attendre Harry. Il sort de son sac à dos un bandeau qui lui dégage le front, et il en sort un pour moi, identique, tout neuf, mon premier cadeau d'anniversaire.

– Tu as les cheveux qui ont poussé, tête d'œuf! me dit Michel en ajustant le bandeau.

Mon cœur se gonfle de joie, je commence à sautiller en roulant les épaules, comme le font les joueurs avant d'entrer sur le terrain. On va jouer au foot, Michel, on va jouer au foot? C'est ce que je me dis tandis que Michel regarde les alentours, à droite, à gauche, devant, derrière, sans bouger. Qu'est-ce qui lui prend? Le ballon toujours dans sa main droite, il le regarde fixement, et il fait un truc dingue: il le range dans le sac à dos.

La boule dans mon ventre est revenue d'un

coup. Avant qu'elle ne m'écrase, je trouve la force de murmurer :

– On va pas jouer au foot ?

– On va jouer, mais on va courir un peu, d'abord, faire le tour du parc. On a tout l'après-midi pour jouer.

– Pourquoi on commence pas tout de suite ? Avant l'été, tu m'as dit que je devais m'entraîner pour les tirs au but. À la place de l'attaquant et à celui de gardien. Et je suis devenu fort.

– Plus tard. On va d'abord se dégourdir les jambes, se détendre, courir, trouver un bon rythme, bien respirer. C'est très important, la respiration.

Je ne suis pas convaincu, j'ai envie de jouer, et je respire très bien, je ne suis pas asthmatique comme Oleg.

– Pour un nageur, d'accord, mais pour un footballeur ?

– Peut-être encore plus pour un footballeur, me dit Michel. Tu sais combien de kilomètres parcourt en moyenne un footballeur sur un terrain ? Neuf ! Et puis ça me fera du bien de courir avec toi. On y va ?

J'aurais préféré jouer au foot tout de suite, mais je suis prêt à courir à ses côtés pendant neuf kilomètres.

– Bon, d'accord, on y va, je lui dis, déjà en position, jambe droite en avant.

Mais Michel reste immobile, regarde encore à droite, à gauche, derrière lui, et finalement, il change d'avis.

– On va courir, mais pas tout de suite. On va rester ici, d'abord, commencer par s'échauffer.

Sur le premier exercice que Michel me fait répéter vingt fois, je le suis tant bien que mal, en écoutant sa voix : « On descend lentement, sans oublier de respirer, on ne force pas, et on remonte lentement, en ouvrant grand les bras. » Sur le deuxième exercice, rotation de la taille, encore vingt fois, j'ai la honte lorsqu'un garçon de mon âge pouffe de rire en nous voyant. Pour le troisième exercice, Michel sort

deux cordes de son sac à dos. Une pour moi, une pour lui. La corde, j'en fais depuis la deuxième année de maternelle. Oleg se moque de moi, mais pas Dora, que j'épate par mes doubles sauts. Quatre de suite, je peux en faire. Mais Michel ne veut pas que je l'épate. Il s'en fiche de mes doubles sauts, il veut juste que je fasse vingt petits sauts bien tranquilles, pas plus, sans oublier de respirer. Comment peut-on oublier de respirer ? j'ai envie de lui dire, mais je ne dis rien, j'obéis. Michel me félicite et m'oblige à boire une petite bouteille d'eau.

Enfin nous nous mettons à courir autour du parc. Michel fait bien attention à ajuster ses longues jambes aux miennes et il m'oblige à courir au ralenti, à trouver un rythme, il n'arrête pas de me parler de rythme, mais moi, je ne peux pas m'empêcher de le dépasser, de lui prouver que je sais très bien courir, qu'est-ce qu'il croit ? Je bats tout le monde à la course, même Dora qui est plus grande que moi.

Michel me laisse foncer comme un bolide, il ne cherche pas à me rattraper, alors ça m'énerve et je cours encore plus vite mais, au bout de quelques mètres, mes poumons me brûlent et je dois m'arrêter. Michel me rejoint, à petites foulées, en jetant des coups d'œil derrière tous les arbres. Agacé, je fonce comme un sprinter, ce qui m'oblige à m'interrompre encore pour retrouver mon souffle. Michel n'a même pas vu que je m'étais arrêté. Il ne court plus. Il parle avec un passant qui sort son portable de sa poche et dit quelque chose à Michel qui fait un signe de tête pour le remercier. Puis il se tourne vers moi, et j'ai droit à une grimace.

– On ne fait pas la course, Léo, on court, c'est tout. C'est bien de courir vite, d'être capable d'accélérer et de surprendre les adversaires, mais être capable de courir sur de longues distances, sans s'essouffler, c'est très important aussi.

Je rajuste mon bandeau et je cours lentement comme mon frère l'exige, et c'est beaucoup plus difficile que je ne l'avais imaginé, même si Michel me dit que je fais déjà des progrès. On a fait le tour de presque la moitié du parc, je n'ai plus de point de côté, et je pourrai encore courir longtemps. Mais, soudain, il s'arrête, fait demi-tour.

– Bon, on retourne à notre terrain de foot, sans courir, juste en marchant.

Je le suis, j'ai hâte de jouer avec lui, de le voir devant la cage danser d'une jambe sur l'autre, hâte de lui faire une feinte et de marquer.

Sur le terrain, Harry n'est toujours pas là, mais Michel renonce à l'attendre ; il sort le ballon de son sac à dos et, calmement, il m'explique les règles qu'il a inventées pour notre après-midi et qui ne sont pas du tout celles que j'avais imaginées : je dois garder le ballon le plus longtemps possible, m'approcher de la cage située entre les deux arbres qu'il me désigne, pour tenter de marquer, et lui, mon grand frère de quatorze ans et demi, doit tout faire pour m'en empêcher.

– Le but du jeu, c'est de voir combien de temps tu peux résister à mes attaques tout en gardant le contrôle du ballon, conclut Michel comme si c'était de la plus haute importance pour lui de le savoir.

Je trouve cette règle profondément injuste.

– Tu es trop grand ! Tu vas tout de suite me

reprendre la balle ! Et la cage est loin ! Tu me laisse aucune chance de marquer ! Aucune !

– Tu as une chance. Très faible, je le reconnais. Mais marquer n'est pas le plus important, aujourd'hui.

– Papa dit qu'on peut avoir les meilleurs joueurs du monde, mais que, si on ne marque pas au foot, on perd !

– Je te laisse un avantage de dix mètres et je compte jusqu'à vingt avant de foncer sur toi. Prêt ?

Quand je comprends que Michel ne changera pas d'avis, je cesse de m'opposer à sa règle, je refrène ma colère, je renonce à lui rappeler que je n'ai que huit ans et que c'est le jour de mon anniversaire.

Je suis à la place qu'il m'a indiquée et lui à la sienne, à dix mètres derrière moi. À son coup de sifflet, je donne un coup de pied droit en direction de la cage et je me mets à courir vers le ballon très vite, indifférent à la voix de Michel : « N'oublie pas de respirer, Léo, quand tu accélères ! » De la pointe de mon pied droit, je récupère le ballon mais je ne profite longtemps de mon avantage, déjà je perçois les pas de Michel derrière moi, de plus en plus proches, et tout de suite, il me harcèle, frôlant le ballon entre mes jambes, se déportant à droite, à gauche, comme s'ils étaient quatre défenseurs autour de moi. Ça me rend tellement fou qu'en moins de dix secondes Michel réussit à me reprendre le ballon, m'obligeant à revenir en arrière, à m'éloigner de la cage, à me rapprocher de lui de plus en plus près, à me retenir de l'attraper par son t-shirt pour l'obliger à ralentir !

Je le déteste. À bout de souffle, je me laisse tomber. De rage, je commence à arracher des mottes d'herbe.

Je m'attends à ce que Michel soit furieux après ce premier exercice, et ça m'est égal, mais il ne l'est pas, au contraire.

– C'est bien, Léo, vraiment bien, mais tu t'énerves beaucoup trop vite. Et contre l'herbe, en plus.

Il m'oblige à faire une pause et à boire, puis il me dit :

– Allez viens, tête d'œuf, on recommence. Et n'oublie pas de respirer.

Cette deuxième fois se passe comme la première, très vite, je perds le ballon. La troisième fois, je tiens un peu plus longtemps, je ne me décourage pas, je cours derrière Michel, qui s'amuse à faire des zigzags sur le terrain. Je suis déjà à prêt à renoncer, mais, d'un coup, j'accélère, Michel ne s'y attendait pas, et de la pointe de mon pied droit, je récupère la balle. Un tacle, j'ai réussi un tacle ! Aussitôt, je tire, n'importe où, pourvu que la balle échappe à Michel.

Je sais que j'ai fait n'importe quoi. À cause de lui ! Je n'ai plus envie de jouer avec mon frère. Je préfère le centre de loisirs. Je préfère quand Michel était envoûté. Je veux rentrer à la maison.

Michel, lui, veut continuer :

– Excellent, tête d'œuf ! Tu as récupéré le ballon et tu as tiré. Dans la mauvaise direction, d'accord. Mais, à ton âge, je n'aurais pas fait mieux. Allez, on recommence. Approche-toi le plus près possible de la cage et trouve l'occasion, le point précis d'où tu pourras tirer et marquer, même si ça te paraît impossible. Et n'oublie pas de te servir de la pointe de tes deux pieds. Bois un bon coup maintenant.

Sa voix me calme instantanément. J'avale presque la totalité de ma bouteille d'eau et je croque dans une barre de céréales que je mâche lentement, tandis que Michel joue avec le ballon, en le faisant passer d'un pied sur l'autre, sur le côté, par-derrière, qu'il s'amuse à le faire rouler sur les épaules, à le lancer et à le recevoir sur la tête pour le relancer. Il est fort, mon frère.

– Tu aimes toujours le foot, alors ? je lui demande.

– Évidemment. Le foot, c'est comme le vélo, ça ne s'oublie pas ! s'exclame Michel en imitant papa.

On rigole et il ajoute, d'une voix plus grave :

– J'aimerai toujours le foot, mais pas comme toi, Léo, non, pas comme toi. Toi, tu es exceptionnel, et je suis content, vraiment content, de passer cette journée avec toi. On recommence ?

Plusieurs fois j'ai envie de pleurer, plusieurs fois je tombe et je me roule par terre en tenant ma jambe comme si j'étais gravement blessé, et j'entends la voix de Michel : « Ne perds pas de temps à t'énerver, Léo, relève-toi », on recommence et je me relève.

La dixième fois, épuisé, mais décidé à garder le contrôle du ballon le plus longtemps possible, je déjoue à deux reprises une attaque de Michel. Mais, alors que je suis arrivé jusqu'au milieu du terrain, impatient de pouvoir tirer entre les deux arbres, il récupère le ballon sans même que j'aie pu comprendre comment je l'avais perdu. Il m'oblige encore une fois à reculer, à perdre tout le terrain que j'avais conquis lorsque soudain il ralentit, marque un temps d'arrêt, trois secondes d'inattention fatales pour lui. C'est ma chance ! J'en profite pour récupérer le ballon, m'échapper vers la cage ; je cours de toutes mes forces, mes poumons me brûlent, je sais que je ne tiendrai pas longtemps, alors je tente le tout pour le tout, je visualise la cage, j'immobilise le ballon, je fais un léger pas en arrière. Michel est là, tout près, derrière moi, mais trop tard pour lui, je tire de toutes mes forces.

Le ballon heurte l'un des poteaux, enfin je veux dire, l'un des arbres.

Accablé, je m'écroule, je prends ma tête entre mes mains et je reste là, prostré, me repassant le film de ces quelques secondes où j'ai tiré : la trajectoire de la balle, la certitude qu'elle va entrer dans la cage puis son bruit mat contre l'arbre, et sa déviation vers les buissons.

Je n'entends pas les applaudissements en provenance d'un petit groupe massé au bord de la pelouse. Des bras me font décoller et je me retrouve à deux mètres du sol sur les épaules d'Harry que je reconnais à sa tignasse rousse. Il chante l'hymne des Bleus en courant autour du « stade » comme si j'étais le nouveau champion de l'équipe de France, me faisant

croire un instant que je m'étais trompé, que j'avais marqué, que le ballon était entré dans la cage. Je cherche Michel des yeux, mais je suis trop étourdi, Harry court trop vite, j'ai peur de perdre l'équilibre. Au deuxième tour, je l'aperçois. Mon frère ne me voit pas, mon frère n'applaudit pas, il discute avec une fille, plus grande que lui, qui porte une robe orange. Aucune fille de ma connaissance ne porte de robe orange. Au troisième tour, Michel a l'air fâché, il fait de grands gestes. Elle aussi.

Après le quatrième tour, lorsque Harry me dépose délicatement sur l'herbe, des parents et leurs enfants viennent me féliciter. Un gros monsieur me tend une canette de jus de pomme qu'Harry m'oblige à boire. Une petite fille à la chevelure couverte de tresses multicolores m'offre un Kinder Surprise, une autre me demande un autographe. Tous me posent des questions auxquelles je ne réponds pas, je cherche Michel et je ne le vois pas.

Comme s'il était mon entraîneur, Harry répond à ma place : « Il s'appelle Léo, il a l'étoffe d'un champion et aujourd'hui il a huit ans ! »

Ils se mettent à chanter *Joyeux anniversaire*, ils applaudissent encore puis ils s'en vont.

– Tu as été fabuleux, Léo ! Fabuleux ! me dit Harry, et dans ses yeux je vois qu'il est sincère, mais je ne comprends pas pourquoi.

– J'ai été nul ! Le ballon est pas entré dans la cage !

Je me sens soudain tout mou, je voudrais

que Michel soit là et qu'on rentre à la maison maintenant, mais j'ai beau regarder partout, mon grand frère a disparu. Harry ouvre le Kinder Surprise, me tend l'œuf au chocolat et me demande s'il peut garder le jouet. Il en fait collection et prétend qu'un jour ça vaudra de l'or.

– Mange, dit-il, reprends des forces. Tu as été génial.

– J'aime pas le chocolat des Kinder. J'aime que le chocolat noir.

Harry n'aime pas non plus. Dans le sac à dos que Michel a carrément abandonné sur la pelouse, Harry trouve trois barres de céréales. Il m'en tend une.

– C'était pour toi. J'en veux pas.

Harry en mange deux. Moi, je ne dis rien, j'observe, à droite, à gauche, devant, derrière. Aucune trace de Michel.

– Regarde, j'ai tout filmé, me dit Harry en rangeant les emballages des barres de céréales dans la poche extérieure du sac à dos de mon frère.

Il me tend son téléphone, et je nous vois, Michel et moi, sur le terrain. Dix séquences en tout, qu'Harry me commente :

– Je sais pas ce qui lui a pris à ton frère d'avoir inventé un exercice pareil. Je crois qu'il a pas digéré ce jour où, à cinq ans, tu lui as repris le ballon. C'est pas évident d'avoir un petit frère aussi doué au football, surtout quand on aime le foot comme Michel. Encore que, ces derniers temps, il était devenu inquiétant, ton grand frère. Là, regarde, franchement il a abusé, te reprendre le ballon si vite, trop facile ; là, regarde, tu tires du pied gauche, au lieu de tirer du pied droit, mais tu as tenté, et ça c'est fort ; là, quand tu te jettes par terre et que tu arraches l'herbe, trop drôle ; là, incroyable, tu récupères le ballon, Michel s'est fait avoir et, là, ton accélération de ouf ! Et ton tir ! De la graine de champion ! Quand Michel va voir ça !

Je n'en reviens pas que, pendant tout ce temps, Harry nous observait sans se faire voir.

Était-il le seul à le faire ? Et la fille, est-ce qu'elle était avec lui ? Et c'est qui, cette fille, d'abord ?

Je lui demande de me repasser la dixième séquence. On me voit courir derrière Michel, on me voit récupérer le ballon, on ne voit pas que Michel a commis l'erreur fatale de ralentir sa course, comme s'il avait vu quelque chose qui l'avait arrêté.

– Il est où, Michel ?

– Il avait un truc à régler. Ça fait quinze jours qu'il a un truc à régler, en fait. Il se prend la tête pour rien, ton frère.

– Quel truc ?

Harry ouvre une petite bouteille d'eau, avale une grande rasade, s'essuie les lèvres d'un revers de main et me dit, très sérieusement en regardant du côté du saule pleureur :

– Des trucs qui l'ont rendu un peu fêlé, ces derniers temps.

– Il a été ensorcelé, c'est ça ?

D'abord ma question surprend Harry qui fait une drôle de grimace, comme si c'était une idée farfelue, mais finalement, non, il admet que j'ai raison.

C'est alors que Michel sort de dessous le saule pleureur.

Les joues rouges, les yeux brillants, aussi heureux que s'il avait qualifié son équipe pour la Coupe du monde, il s'avance vers nous. La fille à la robe orange le suit, m'adresse un signe, pouce levé et poing serré, pour me dire qu'elle a apprécié le spectacle elle aussi, mais elle ne nous rejoint pas, elle s'en va. Tant mieux, je n'ai pas envie de la connaître. Michel la suit du regard jusqu'à ce qu'elle ne soit plus qu'un point orange entre les arbres. Quand il se tourne vers nous, il a un sourire bête que je ne lui connaissais pas.

– Ça va mieux, toi, on dirait, se moque Harry. Tu trouves pas, Léo, qu'il a l'air d'aller beaucoup mieux, ton grand frère ?

La réaction de Michel ne tarde pas, il bondit sur Harry et le bourre de coups de poing.

De loin, on pourrait croire à une bagarre, mais moi, j'ai l'habitude. Ils font souvent semblant de se battre tous les deux. En fait, tout en n'arrêtant pas de se donner des petits coups pas méchants, de se faire des prises qui pourraient faire croire qu'ils s'étranglent, ils rigolent sans échanger un mot, enfin si, un seul. Harry traite Michel d'abruti, ce qui redouble les coups de mon grand frère. Lorsqu'ils s'arrêtent, enfin, Michel dit trois mots à Harry :

– Merci, mon pote.

Plusieurs fois, Michel regarde le film et Harry l'oblige à reconnaître qu'il a été très dur avec moi.

– Tu as oublié qu'il n'avait que huit ans ou quoi ?

– Non, je n'ai pas oublié, mais il est très bon, Léo, et si je l'ai fait, c'est pour la bonne cause.

Je n'ai pas le temps de lui demander de quoi il parle, il se lève, fait des petits sauts, des rotations de la tête, comme s'il avait été engourdi jusque-là. Harry se lève à son tour et l'imite, puis, sans que Michel le voie, il prend le ballon, le lance en direction de la cage et me fait un clin d'œil. Aussitôt je comprends, et je cours. Michel me poursuit, mais Harry, un des meilleurs sprinters que je connaisse, récupère le ballon et me le renvoie, trop fort, une passe que j'amortis en recevant le ballon sur la poitrine ; Michel est trop près de moi, je le sais, inutile d'essayer, je renonce à tirer, je renvoie la balle à Harry qui la réceptionne en poussant un cri d'enthousiasme, ce qui surprend Michel, l'oblige à courir vers lui. Lorsque Michel est à un mètre de lui, Harry me renvoie la balle, une passe arrière, parfaite, et cette fois je n'hésite pas et je tire entre les deux arbres : Goaaaaal ! C'est ce que je crie, en tombant à genoux.

Après cet exploit, c'est moi qui fixe les règles. Je suis au poste de gardien de but et j'arrête deux tirs consécutifs de Michel. Le deuxième grâce à un saut qu'Harry qualifie de magistral.

À la fois content et agacé, mon frère décide que c'est bon pour aujourd'hui, passe sa main sur mes cheveux collants de sueur et me renverse une bouteille d'eau sur la tête. Je pousse des cris et je le bourre de coups de poing. Il se laisse faire, en rigolant.

Puis je m'allonge sur l'herbe, et je regarde le ciel.

– Il a beaucoup de talent, Léo, dit Harry, il faudrait qu'il s'entraîne régulièrement. Ça vaudrait le coup, tu crois pas ?

Ils discutent à voix basse, tandis que, dans ma tête, je joue un vrai match, dans un vrai stade. Ils discutent longtemps mais je ne les entends plus, sauf de temps en temps leurs rires étouffés, et soudain, Michel ne rit plus, d'un coup, il se lève, demande l'heure à Harry et me secoue. Il est temps qu'on rentre.

6

Mercredi fin de la journée

– Je ne me suis pas beaucoup occupé de toi, ces derniers temps, me confie Michel en attendant le bus, mais ça va changer maintenant. Tu es vraiment bon au foot, tête d'œuf, poursuit mon grand frère, pensif.

– Tu le penses vraiment ?

– Oui. Harry le pense aussi. Et il n'est pas le seul.

J'ai envie de lui demander si je suis assez bon pour aller jouer au stade avec eux, le mercredi après-midi ou le week-end, mais je sens qu'il ne faut pas trop exagérer après cette journée fantastique, alors je choisis de faire une diversion.

– Et la fille, c'était qui ?

– Une fille, dit Michel.

Je comprends qu'il ne veut pas qu'on en parle, mais j'en parle quand même.

– Elle m'a trouvé bon, elle aussi ?

– Oui, très bon, même ! Elle aurait bien aimé te rencontrer, mais elle était pressée.

– Vous vous êtes disputés, je vous ai vus.

– Juste une embrouille, me répond Michel en arrêtant un passant pour lui demander l'heure.

Comme j'insiste en douceur sans trop l'énerver, j'apprends qu'il a rencontré cette fille cet été à la plage et qu'elle habite dans la même ville que nous, mais à l'autre bout, un hasard incroyable !

J'apprends aussi qu'au cours de l'été il a discuté avec elle pendant des heures. De quoi ? je lui demande. De tout et de rien, m'a répondu Michel et je n'ai pas compris. On ne peut pas discuter de tout, et encore moins de rien, c'est idiot.

Il me dit que la fille à la robe orange est

très forte en géographie et qu'elle peut situer sur une carte vierge tous les pays d'Afrique.

. – Et crois-moi, ce n'est pas facile, me dit Michel.

– C'était quoi, votre embrouille ?

– À la fin des vacances, elle avait promis qu'elle appellerait la première si elle avait envie qu'on se revoie.

– Et elle a pas appelé, c'est ça ?

– Non, elle n'a pas appelé.

– Pourquoi ?

– Parce qu'elle avait compris le contraire. Que c'était à moi d'appeler.

– Pourquoi tu l'as pas appelée si t'avais envie de savoir ? Pourquoi t'es pas allée chez elle ? T'avais pas son adresse ?

– Cette nuit, j'ai craqué, je lui ai laissé cinq messages, elle n'a pas répondu. Ça m'a rendu fou, j'ai cru que c'était mort entre nous, dit Michel en faisant un signe au chauffeur de bus pour qu'il s'arrête.

Dans le bus, impossible de trouver une place. Le temps d'une station, Michel ne dit plus rien, les yeux toujours brillants, un large sourire sur le visage. Je risque quand même une question.

– Pourquoi elle t'a pas répondu ? Elle avait pas envie de te voir ?

– C'est ce que j'ai cru, mais non ! Elle attendait mon appel ! Mais hier elle a perdu son téléphone, elle n'a pas pu lire mes messages, me répond Michel en parlant fort, en oubliant que tout le monde nous écoute. Puis, prenant conscience de la situation, il chuchote : Elle ne l'a retrouvé qu'en fin de matinée. Elle a appelé Harry parce qu'elle n'arrivait pas à me joindre. Il est parti la chercher chez elle, ils sont venus au parc et ils se sont planqués pour nous voir jouer.

J'ai encore une dernière question à poser à Michel.

– C'est à cause d'elle que tu jouais plus au football ? Que tu as enlevé les posters de Messi et de Platini dans ta chambre ?

– Je croyais qu'elle n'aimait que la géographie, mais elle adore le foot. Tu entends ça, tête d'œuf ? Elle adore le foot !

La dernière phrase, il l'a criée. Des passagers se retournent, je lui donne un coup de coude. Il reprend immédiatement un air sérieux, me regarde et me fait un clin d'œil.

Entre la deuxième et la troisième station du bus, bloqué depuis cinq minutes dans un

embouteillage monstre, je pense à la fille à la robe orange, je me lève sur la pointe des pieds et je chuchote à l'oreille de Michel :

– Elle est vieille.

– Pas du tout ! Elle n'a que trois mois de plus que moi. L'âge d'Harry, exactement.

– Elle est quand même beaucoup plus vieille qu'Harry.

– Comment ça ?

– Elle a des seins.

Je crois bien que Michel rougit. Mais c'est difficile d'en être sûr parce qu'on a couru pendant des heures et qu'on a eu très chaud.

– C'est déjà à cause d'elle que tu as pleuré le jour de tes quatorze ans ?

– Non, pour une autre ! Une erreur. Tu en as encore d'autres, des questions comme ça, Léo ?

J'hésite, je suis très inquiet tout à coup, j'ai même très mal au ventre, j'en ai plein d'autres, des questions, mais il y en a une surtout que je n'ose pas lui poser. Est-ce que Michel sera là, ce soir, pour fêter mes huit ans ? Et s'il m'accompagnait à la maison, attendait avec moi le retour des parents, demandait à Harry de venir le chercher pour aller rejoindre la fille à la robe orange ? Et s'il m'abandonnait ce soir pour elle après tout ce qu'on a vécu tous les deux ? J'attends que le bruit des klaxons se soit un peu calmé et je réponds à Michel.

– Non, j'ai plus de questions, et si tu veux, tu peux inviter ta copine ce soir à mon anniversaire.

Ma proposition a un effet inattendu sur Michel.

– Ton anniversaire ! Le saint-honoré ! On a oublié le saint-honoré ! Ouvrez la porte ! Ouvrez, c'est un cas de force majeure ! crie mon grand frère en poussant les passagers.

Je le supplie de laisser tomber, je suis trop fatigué, tant pis pour le gâteau, on mangera des glaces.

– Renoncer au saint-honoré ? Pas question, me prévient Michel.

Le chauffeur de bus râle, il n'a pas le droit de s'arrêter avant la station. Le bus est immobilisé pour au moins dix minutes encore, et il n'y a aucun danger, le supplie Michel, qui prend un air tragique comme si c'était une question de vie ou de mort.

– C'est l'anniversaire de mon petit frère aujourd'hui, et j'ai oublié son gâteau. S'il vous plaît, laissez-nous descendre.

Il a donc fallu reprendre le bus dans l'autre sens, courir jusqu'à la pâtisserie, attendre à nouveau le bus, cavaler jusqu'à notre immeuble, Michel tenant le gâteau si fragile en s'efforçant de ne pas trop le secouer, et moi, derrière lui, essayant tant bien que mal de résister à un point de côté.

– Je ne sais pas dans quel état sera le saint-honoré, me dit Michel en ouvrant la porte de notre appartement. Tu m'en voudras pas ?

– Je t'en voudrai jamais, je réponds, et pendant qu'il met le gâteau au frais, ou ce qu'il en reste, je m'affale sur le canapé et je ferme les yeux, prêt à dormir au moins vingt-quatre heures et tant pis pour la fête, et tant pis pour le gâteau et tant pis si Michel va rejoindre la fille à la robe orange.

Michel n'est pas d'accord avec ce programme.

– Pour rien au monde, je ne manquerais ton anniversaire, Léo ! Tu vas prendre une douche. Te changer, te faire beau. Mais avant, tu vas aller boire un grand verre d'eau.

Lorsque je reviens, douché et vêtu du maillot de Lionel Messi, toujours beaucoup trop grand pour moi, Michel éclate de rire.

– Je crois que papa a raison. Le PSG, pour Messi, ce n'est pas une bonne idée.

Il a déjà décoré la cuisine, préchauffé le four, mit le poulet recouvert de gros sel dans la cocotte en terre. Il y a seulement vingt-quatre heures, c'est à peine s'il articulait une phrase, même se lever, ça le fatiguait. Maintenant, et même après des heures de foot, ses gestes sont si rapides que j'ai du mal à le suivre. Il continue à s'activer en épluchant un gros céleri blanc, et comme le couteau coupe mal il me demande le couteau japonais de papa. Lui, il a le droit de s'en servir – enfin, je crois.

En ouvrant, le tiroir, je trouve son téléphone, que je lui tends.

– Tu l'as oublié !

– C'était exprès. J'en pouvais plus d'attendre un message qui ne venait pas. J'ai décidé de ne plus y penser, et le mieux pour ça, c'était de ne pas l'avoir sur moi et de m'occuper de toi. Tu m'as sauvé la vie aujourd'hui, Léo.

– Tu l'allumes pas ?

– Plus tard.

Il a son sourire bête, puis son sourire se fige. Il prend fébrilement son téléphone, fait défiler les messages.

– Maman m'a laissé sept messages ! Sept ! Elle a appelé la voisine, et peut-être même les hôpitaux, la police ! Mets la table, Léo. Faut que je la rassure.

Il disparaît dans le couloir, j'entends la porte de sa chambre se refermer. De retour, son téléphone à la main, il se met à bredouiller.

– Je voulais te dire, Léo… Cette journée… Grâce à toi… La fille… On n'en parle pas aux parents, d'accord ? Pour l'instant, en tout cas. Je peux compter sur toi ?

Je lui dis oui de la tête, en le regardant gravement.

Je mets la table, je gonfle trois ballons supplémentaires et je commence à éplucher la salade rouge, ma préférée. Ma fatigue s'est envolée.

Lorsque les parents arrivent, nous sommes sagement assis sur le canapé du salon. Michel a eu le temps de se raser, et il a mis une chemise blanche.

D'abord très énervée par les raisons « fumeuses » que mon frère lui a données pour expliquer pourquoi il n'a pas répondu à ses messages, maman finit par se calmer. Un, parce qu'elle me retrouve sain et sauf alors qu'elle m'avait cru blessé – peut-être mort, même. Deux, parce que je lui répète en boucle que j'ai passé la journée la plus fabuleuse de ma vie. Trois, parce que la maison est en ordre, la table mise, la cuisine décorée et que ça sent bon le poulet rôti.

Papa donne une accolade à son fils aîné, ils vont se parler un moment à l'écart pendant que maman soupire en voyant mes bleus sur les mollets et mes écorchures aux genoux. Du coin de l'œil, j'observe mon père et mon grand frère. Michel montre à papa le film d'Harry. Papa pousse des cris, appelle maman pour qu'elle vienne le voir. Maman ne veut pas, le football, ça l'inquiète. De la rentrée qui aura lieu demain, elle ne dit rien. Jusqu'au moment du dessert.

– Et ta promesse de faire travailler Léo deux heures ? Tu l'as tenue, Michel ? Tu l'as fait lire ? Écrire ?

La boule dans mon ventre revient. Maman va vouloir vérifier, or on n'a pas ouvert un livre, un cahier, et Michel ne me gardera plus jamais.

À ses questions, Michel répond en se levant, ouvre le frigo, en sort le gâteau et sans se démonter, en regardant maman dans les yeux, il lui répond :

– Oui, je l'ai tenue. On a travaillé deux heures ce matin, et Léo m'a épaté. Il connaît des pays qu'aucun garçon de son âge ne connaît. Il est même capable de situer l'Uruguay sur une carte.

Contre toute attente, maman ne demande pas à vérifier. Elle ne le pourrait pas de toute façon, papa a déjà allumé les huit bougies.

Le saint-honoré a une drôle de tête, la crème a débordé des choux, le caramel a craqué, deux choux sont carrément écrasés.

– Qu'est-ce qui s'est passé ? demande maman devant ce désastre.

Michel commence à rire, et je ris aussi, nos regards se croisent et on rit encore plus fort, on ne peut pas s'en empêcher. Papa arrête notre fou rire en chantant *Joyeux anniversaire* quand le téléphone de Michel sonne.

– C'est Harry, on a eu nos emplois du temps, je reviens tout de suite, dit Michel, et au clin d'œil qu'il me lance je comprends que ce n'est pas Harry.

Papa éteint les bougies. Pendant l'absence de Michel, maman en profite pour me mitrailler de questions, sur ma journée, sur ce téléphone soi-disant oublié. J'ai hâte d'être à demain, de revoir Oleg et Dora, surtout Dora.

Michel revient à table dix minutes plus tard, et je reconnais tout de suite à son sourire bête que c'est à la fille à la robe orange à qui il a parlé. Je souffle mes huit bougies et je lui tends un chou écrasé. Il le déguste lentement, les yeux fermés.

– Toujours aussi excellent, le saint-honoré.

– C’était si important, ce coup de fil d’Harry ? demande maman, l’air de rien.

Michel prend un deuxième chou.

– On a commenté nos emplois du temps de cette année, Harry et moi. Et devinez quoi ?

– Comment tu veux qu’on le sache ?

– Je finis tôt, le jeudi. Et lui aussi.

– Tant mieux, tu auras le temps de faire quelques courses ou de mettre en route une machine.

– Non, je ne pourrai pas.

Maman lève les bras, en signe d’exaspération.

– On peut savoir pourquoi ?

– Parce que demain, c’est jeudi. On ira chercher Léo et on l’emmènera au parc. Harry et moi, on va l’entraîner sérieusement. On pense qu’il peut intégrer un club, haut la main.

Je n’ai même pas le temps de comprendre la portée de cette déclaration que maman pète un câble.

– Pas question ! Ça va pas la tête ? Demain, c'est la rentrée des classes et je dois rencontrer Mme Soupault ! C'est elle qui doit lui faire passer le test. Et puis, c'est quoi, cette histoire de club ? Vous êtes devenus fous dans cette maison ?

– Tu comptes aller chercher Léo tous les jeudis ? demande papa qui jusqu'ici n'avait rien dit.

– Oui, et je voudrais qu'il m'accompagne au stade, chaque dimanche. On va tenir ce rythme jusqu'au mois de décembre. Après, on fera le point avec Harry. Et, si tout va bien, on inscrit Léo dans un club, on sait déjà lequel.

– De quoi il se mêle, Harry ? s'énerve maman.

– Avec les trajets, j'ai prévu qu'on serait de retour à la maison maxi à vingt heures.

– C'est beaucoup trop tard ! C'est une année très importante pour Léo !

– Tu sais à quoi tu t'engages ? Tu as bien réfléchi ? demande papa d'une voix sérieuse, grave même.

– Ça me fera du bien, à moi aussi. Harry trouve que je me rouille, que je ne cours plus aussi vite, que je suis moins précis, que je devrais quitter plus souvent mes cartes de géographie.

– Qu'est-ce que la géographie vient faire dans cette histoire ? dit maman.

Moi, je sais, mais je ne dis rien, trop content de partager un secret avec mon frère.

– Il dit aussi que Léo est très doué pour le foot et que ce serait dommage de gâcher un tel talent. Et nous le savons tous.

– Toi aussi, tu l'es ! Ça ne veut rien dire ! proteste maman en se tournant vers papa dans l'espoir qu'il intervienne, mais papa sourit à Michel.

– Pas comme Léo. Non, lui, c'est différent. Écoute, maman, tu ne vas quand même pas râler parce que je propose d'aller chercher Léo une fois par semaine et que je m'occupe de lui le dimanche ?

Maman réfléchit, regarde Michel en se demandant si elle peut lui faire confiance, et puis elle pense au football qui fera de moi un analphabète, elle tremble de peur à l'idée de revoir Mme Soupault et elle finit par dire :

– On en reparlera demain soir.

C'est le 2 septembre, veille de ma rentrée des classes. Michel croit que je peux intégrer un club de foot, il va m'entraîner pendant trois mois, je vais jouer au stade avec ses potes ! C'est ce que j'explique à Dora lorsqu'elle me téléphone pour me demander des nouvelles de Michel et me souhaiter un joyeux anniversaire.

7
La rentrée

La nuit, je ne dors pas bien. Je me réveille plusieurs fois. Et si, à cause de Mme Soupault qui me déteste, je ratais le test ? Et si, à cause d'elle, maman m'interdisait d'aller m'entraîner avec Michel et Harry ? Et si je devais renoncer à être sélectionné dans un club ?

Ce matin, Michel est dans la cuisine avant moi. Il fait des pancakes avec papa. Il me prévient qu'il viendra me chercher et que l'entraînement commence aujourd'hui, qu'il durera quatre mois et que ce sera difficile.

– Mais avant, tu dois réussir le test, l'interrompt papa. Arrêter de faire l'idiot en classe, prouver à Mme Soupault que tu sais lire et écrire. J'ai parlé avec elle un bon moment hier soir.

À cette nouvelle, je me sens si faible sur mes jambes que j'ai besoin de m'asseoir. Michel me tend une chaise et me sert un verre de lait.

– Tu sais lire et écrire et même des mots qu'elle ne saurait même pas comment prononcer. Est-ce qu'elle le sait, elle, me dit Michel en me chatouillant, comment ça se prononce, Cruyff ? Est-ce qu'elle le sait, elle, comment ça s'écrit, Griezmann ?

On rigole tous les trois.

C'est maman qui m'accompagne à l'école, elle a pris sa matinée. Pendant le trajet, elle est tellement crispée que c'est moi qui lui prends la main pour la rassurer.

J'ai laissé le maillot de Messi sur son cintre. Pour faire plaisir à maman, je me suis habillé pour la rentrée avec des habits tout neufs, mes cadeaux d'anniversaire, et je n'ai caché aucune balle en mousse dans ma trousse.

En sortant du bus, je repère une canette de Coca, mais cette fois, je l'ignore.

Devant l'école, Dora m'attend et, pendant une seconde, je ne la reconnais pas, elle a encore grandi, elle porte un long t-shirt jaune soleil, elle est super belle. Dora, elle, me reconnaît, me fait de grands gestes, court vers moi. La première chose qu'elle me dit, c'est que nous allons avoir une nouvelle maîtresse et qu'elle a l'air pire que Mme Soupault, et tout de suite après elle me parle de Michel, elle veut que je lui raconte encore tout, depuis le début, avec tous les détails.

Je n'ai pas envie, ce n'est pas le moment, je regarde maman qui se trouve dans un coin de la cour. Elle discute avec Mme Soupault, ou plutôt Mme Soupault parle et maman l'écoute, tête baissée, comme si elle s'excusait d'une faute très grave. J'observe les élèves de CE1, minuscules, des bébés, et j'ai mal au ventre, très mal, à l'idée de me retrouver avec eux si je ne réussis pas l'épreuve pour passer en CE2.

Lorsque Mme Soupault s'approche de moi, Dora me prend la main et la serre fort. Ça me remonte le moral.

Mme Soupault me souhaite la bienvenue et m'informe que c'est la nouvelle maîtresse de CE2 qui se chargera de me faire passer le test. Je n'ai pas le temps de m'effondrer, Oleg me donne une tape dans le dos, trop content de me revoir. Lui, il n'a pas changé, il est toujours asthmatique, et on ne peut pas dire qu'il me remonte le moral.

– Paraît que notre maîtresse de CE2 est très sévère, c'est ce que ma mère m'a dit, qu'elle adore l'orthographe et la grammaire et qu'elle a un nom imprononçable, en plus. Ça craint. Surtout pour toi, Léo.

Maman me quitte enfin. Elle essaie de me dire des phrases d'encouragement, mais elle n'y arrive pas, elle est morte de trouille. Au moins autant que moi. Et peut-être plus.

La nouvelle maîtresse est très grande, avec des épaules aussi larges que celles de mon père, les cheveux noirs plaqués en arrière, et des lunettes rondes qui lui font des gros yeux de grenouille.

– Elle ressemble à Mlle Legourdin… chuchote Dora.

– C'est qui, Mlle Legourdin ?

– L'horrible directrice d'école dans le roman de Roald Dahl : *Matilda*.

– Ah oui ! J'ai vu le film, chuchote Oleg.

La nouvelle maîtresse commence par écrire son prénom au tableau, elle s'appelle Cerise. Nous ne pouvons pas nous empêcher de sourire. Certains même osent rigoler. Elle laisse faire.

– Les parents devraient réfléchir avant de choisir un prénom, dit-elle. Mais bon, ça aurait pu être pire. Ils auraient pu m'appeler Clafoutis ou Kiwi ou Brocoli. Brocoli, j'aurais préféré, tant qu'à faire.

Je murmure à Dora, assise à côté de moi, qu'elle n'a pas l'air si sévère que ça, elle me répond :

– Attends de voir.

À côté de son prénom, elle commence à écrire son nom en nous excusant par avance si nous n'arrivons pas à le prononcer, et elle nous invite à l'appeler Cerise parce que c'est plus simple. Elle n'a pas fini d'écrire que je le devine, ahuri.

– Ibrahimović !

La maîtresse n'en revient pas que j'aie pu reconnaître et prononcer son nom d'un seul coup, les élèves de ma classe non plus. Certains qui n'ont jamais entendu le nom de ce grand attaquant suédois croient que j'ai fait une blague, que j'ai dit n'importe quoi pour les faire rire et ils rigolent. D'un geste, Cerise les arrête et dit :

– Il a raison. Bravo !

– Mais alors tu sais lire, Léo ! s'exclame une fille de la classe.

– Évidemment qu'il sait ! lui répond Dora.

– Tu connais Zlatan ? me demande Cerise. Alors tu dois être Léo, comme Leo Messi. J'ai beaucoup entendu parler de toi. Par ta mère, Mme Soupault, et par ton père aussi.

Je reste muet de stupeur, et j'ai peur. Qu'est-ce qu'ils lui ont raconté, à Cerise ?

Que je ne savais ni lire ni écrire ? Que je ne pensais qu'à jouer au ballon ? Que j'avais des difficultés de concentration ? Que je n'étais pas digne d'être dans sa classe ? Et papa ? Qu'est-ce qu'il lui a dit, papa ?

Cerise s'approche de moi et retire ses grosses lunettes. Elle sourit. Elle a l'air beaucoup plus gentille sans lunettes et quand elle sourit.

Commence alors entre nous une discussion sur l'arrivée de Messi au PSG. Dans la classe, ils sont tous contents de la nouvelle maîtresse, surtout Oleg. Moi, je ne dis rien. Dora demande à Cerise ce qu'elle en pense. Cerise est d'accord avec papa, ce n'est pas une bonne idée. Selon elle, il est trop vieux, et elle s'inquiète pour lui.

– Le foot, c'est toute sa vie, et quand le foot devient si important, il est difficile de décrocher. Voire impossible. Tu peux nous en dire plus sur lui, Léo ?

Je sais tout sur Lionel Messi ; je raconte son enfance, je situe sur la carte son pays d'origine, l'Argentine, puis l'Espagne où il a fait toute sa carrière au Barça. J'écris tous ces noms au tableau. Cerise m'encourage, toute la classe m'écoute et à la fin, quand sonne l'heure de la récré, Cerise me retient.

Elle va me faire passer le test, c'est sûr, et j'ai mal au ventre à l'idée de le rater.

– Tu vas y arriver, me dit Dora en me serrant la main.

Cerise retire ses lunettes, nettoie les verres, puis fouille dans son cartable, son sac à dos plutôt. Je m'attends à ce qu'elle en sorte un livre, un cahier, un stylo, mais elle en sort… *L'Équipe*, et tout de suite, cette maîtresse qui a un prénom de fruit et le nom d'un joueur de foot célèbre, je l'adore, je ferais n'importe quoi pour rester dans sa classe. Elle m'explique qu'elle ne s'intéresse pas qu'au football mais aussi à d'autres sports, m'avoue qu'elle est ceinture noire de taekwondo, comme Zlatan. Pendant des années, elle a fait du rugby, ce qui ne m'étonne pas vu sa carrure, mais elle a dû arrêter à cause d'une entorse dont elle ne s'est jamais remise. Je lui parle de papa, de son accident de voiture, de l'impossibilité pour lui de jouer au foot alors qu'il aime tellement ça.

Elle me fait lire un article sur Fabien Galthié, l'entraîneur de l'équipe de France de rugby. Je le lis presque sans hésiter. À la fin, comme elle reste silencieuse, je lui demande à quel moment de la journée je dois passer le test. Elle me répond :

– Tu l'as déjà passé, Léo, et tu l'as réussi. Bienvenue en CE2.

J'ai envie de l'embrasser. J'ai envie de lui dire que, lorsque je jouerai au Stade de France, je lui offrirai une place dans la tribune d'honneur. Mais je reste là, à la regarder sans bouger.

– Qu'est-ce que tu attends, Léo ? Va rejoindre tes copains. Je vais passer un coup de fil à ta mère. Elle se fait beaucoup de souci pour toi.

Lentement, je descends l'escalier. Devant la porte qui donne sur la cour, Dora et Oleg m'attendent.

– Alors ? me demande Oleg.

– Alors rien, je lui réponds.

– Le test, tu l'as passé ?

– Oui, je crois, c'est ce qu'elle a dit, en tout cas. Je reste en CE2 avec vous, et Cerise.

– Super ! s'écrie Dora. Et ton frère ?

– Tu le verras à la sortie. Il vient me chercher.

– Tu es sûr qu'il n'est plus envoûté ?

– Sûr de sûr.

– Il était envoûté, Michel ? Maraboûté ? En vrai ? dit Oleg.

– Laisse tomber, lui répond Dora.

La journée se déroule, fantastique. Je n'ai plus envie de faire l'idiot, j'écoute tout, j'écoute même la leçon de grammaire et d'orthographe. J'ai hâte de voir Michel et Harry. De leur parler de Cerise Ibrahimović.

8

Suite et fin

Grâce à Michel et à Harry, surtout à Michel, j'ai intégré un club, pas très loin de chez nous, dans la catégorie Poussins.

La veille de ce jour-là, un 4 janvier, j'avais peur.

Le club avait très bonne réputation, la sélection était dure, j'étais le plus jeune et le plus petit, et même si papa et Michel étaient très confiants, j'avais des doutes, normal.

– Tu n'as aucune raison d'être inquiet, m'a dit Michel, de retour d'un coup de fil urgent.

– Aucune ! a dit papa, en nous servant à tous les trois un jus de pomme pétillant. Tu as eu un très bon entraîneur. Et tu l'as écouté.

Michel a levé son verre :
– À Michel Platini et à Leo Messi !

Je suis parti me coucher, tranquille, en me disant que, de toute façon, j'avais passé quatre mois dont je me souviendrais toute ma vie.

L'entraînement, pour Michel, ce n'était pas seulement les jeudis où il m'emmenait jouer au parc après l'école et le dimanche matin m'entraîner au stade où nous attendaient Harry et quelques potes. C'était tous les jours, même quand il pleuvait.

Chaque fois qu'il le pouvait, il me réveillait une heure plus tôt que d'habitude et il m'accompagnait à l'école et, quand il ne finissait pas trop tard, il venait me chercher. Jamais nous ne prenions le bus. Trois stations que nous faisions en courant ou en marchant lentement, puis plus vite, encore lentement, et soudain très vite. Michel imposait le rythme, alternait les pauses et les accélérations. Il avait trouvé un raccourci par le parc, mais ça faisait quand même deux kilomètres et demi jusqu'à l'école et nous les avons parcourus au moins cinq fois par semaine, pendant quatre mois et par tous les temps.

Des fois, je trouvais ça dur de me réveiller tôt, de quitter ma couette tiède, de renoncer à trois pancakes pour une seule barre vitaminée, de sortir dans l'air glacial, de marcher, courir, lentement, plus vite, de bien respirer, d'arrêter, de recommencer, mais je le faisais.

– Pour arriver au niveau de Platini ou de Messi, m'avait expliqué Michel, un matin pluvieux d'octobre, il faut du temps, beaucoup de temps, des heures et des heures d'entraînement, et ce n'est pas toujours drôle. Loin de là. Après, seulement après, il y a le match. Le match, c'est la récompense.

– Et la victoire, une apothéose ! je lui ai répondu.

Michel m'a regardé, les yeux ronds. Je me suis marré.

Je connaissais le mot « apothéose », je l'avais

appris avec Cerise, je savais que Michel allait faire cette tête quand je le dirais.

Dora trouvait que, quand même, il y allait fort, mon frère. Oleg aussi. Moi, au bout d'un mois, je leur ai expliqué que j'adorais ça, parcourir tout ce chemin avec mon grand frère, traverser le parc à petites foulées, surtout le matin quand tout le monde dort. Oleg m'a traité de marabouté du foot. Dora n'a rien dit, mais elle avait compris.

Je ne sais pas quand Michel trouvait le temps de voir la fille à la robe orange, le samedi sans doute, qu'il passait le plus souvent chez Harry pour réviser. Je sais seulement qu'ils se téléphonaient souvent, tous les soirs, en fait. Chaque fois, c'était un coup de fil très urgent, et aux regards qu'on échangeait tous les deux je comprenais que c'était elle. On sait se parler avec les yeux, maintenant, Michel et moi.

C'est sûr. J'allais être sélectionné. J'allais réussir.

Il n'empêche, à mon réveil, le samedi

5 janvier, le doute est revenu. Est-ce que j'étais vraiment prêt pour être pris dans ce club ? Et si j'échouais ? Qu'est-ce qu'ils penseraient de moi, Michel et papa ?

– Tu seras pris, m'a affirmé Michel.

– Tu as plus d'heures de foot dans les jambes que tous ces garçons réunis, a dit papa.

Et ça a marché. J'ai été pris.

Deux jours plus tard, on a fêté l'événement. C'était l'anniversaire de maman, mais c'était aussi un peu le mien. À moi tout seul, j'ai mangé presque la moitié du saint-honoré et j'ai bu une coupe de champagne.

Le jour de mes neuf ans, le vendredi 2 septembre, je n'ai pas pu avaler plus d'un demi-chou caramélisé à la crème.

C'était la veille de mon premier match contre une équipe qui avait gagné jusqu'ici tous ses matchs précédents.

« Des tueurs, et il y en a un pire que les autres, Terminator, on l'appelle », m'avait prévenu

Selim, mon premier copain, le plus grand de mon équipe en taille et en âge, dix ans et au moins vingt centimètres de plus que moi, le premier qui a cru en moi, qui m'a fait adopter par l'équipe.

J'allais jouer en tant qu'attaquant, notre entraîneur comptait sur moi, toute mon équipe comptait sur moi. J'allais disputer un vrai match dans un vrai stade. Adapté pour les enfants de ma catégorie d'âge, bien sûr, mais quand même : une longueur de cinquante-trois mètres, une largeur de quarante-deux, c'était autre chose que ce petit rectangle d'herbe, dans le parc. Et il y aurait des gradins et un vrai public, et tous mes copains.

J'étais crispé, agité – trop de pression. Pour me calmer, Michel m'a proposé d'aller courir pendant une heure, le temps qu'il m'a fallu pour décompresser puis m'endormir, mon ballon serré contre moi.

Devant le stade, il y avait foule. Dora était

surexcitée et elle avait mis une casquette orange fluo pour que je sois certain de la voir dans les tribunes. Oleg et d'autres élèves de ma classe m'ont demandé des autographes avec la date et l'heure. « On te les demande tout de suite, m'a dit Oleg. Après, tu n'auras pas le temps. Ton premier match, c'est collector. Tu te rends compte quand tu seras Ballon d'or ? »

Avant que j'entre dans les vestiaires, papa, Michel et Harry m'ont retenu. Ils avaient encore quelques trucs à me dire.

Papa m'a donné un conseil :

– Surtout ne te décourage jamais, reviens tout de suite dans le jeu, et si tu sens une occasion, même si le but est loin, tente ta chance.

Après, il m'a serré dans ses bras si fort que j'ai cru étouffer.

Michel était souvent venu me voir jouer, et il trouvait qu'avec Selim on formait un duo très prometteur. Lui aussi, il m'a donné un conseil.

– N'oublie pas que tu n'es pas seul, que le foot est un sport d'équipe. Si tu sais que l'occasion de marquer est possible mais que Selim ou un autre dans ton équipe est en meilleure position, change de stratégie, oublie le but et concentre-toi vite et bien sur la passe que tu vas lui faire.

Harry, lui, ne m'a donné aucun conseil. «Tu vas les éclater, Léo, les éclater, je le sais ! »

Je suis rentré dans les vestiaires, galvanisé, mais ça n'a pas duré. Aussitôt qu'il m'a vu, un joueur de l'équipe adverse, aussi grand et aussi vieux que Selim mais beaucoup plus baraqué, m'a bousculé. Au coup d'œil que m'a lancé Selim, j'ai compris qu'il ne pouvait s'agir que de Terminator.

– C'est ça, votre nouvelle recrue ? Vous les prenez au CP maintenant ? On va vous pulvériser, il a dit.

Ça m'a fait un choc, j'ai failli me jeter sur lui, mais je ne l'ai pas fait. Le match avait commencé là, dans les vestiaires. Ma peur s'était envolée. Grâce à ce crétin, j'avais la rage de gagner.

Selim a voulu me défendre, d'autres aussi, il y en a même un qui a levé le poing, mais je les ai arrêtés juste avant l'arrivée de l'entraîneur.

– Rendez-vous sur le terrain, je leur ai dit.

Lorsque je suis entré sur le stade, c'est la casquette de Dora que j'ai vue d'abord, et autour d'elle et avec elle tous mes copains scandaient mon prénom : Léo ! Léo ! Léo !

Papa était au premier rang, encadré de Michel et d'Harry. Maman juste derrière agitait les bras. Elle n'avait plus la phobie du ballon rond depuis que Cerise Ibrahimović avait écrit au mois de juin sur mon bulletin :

A fait preuve tout au long de l'année d'une rare persévérance et d'une grande curiosité pour toutes les matières.
Très bons résultats grâce à un travail régulier.
A gagné largement sa sélection dans l'équipe de CM1.

Au bout d'un quart d'heure de jeu, mon équipe était menée par deux buts à zéro. Pourtant, quand l'arbitre a sifflé la fin du match, nous avons gagné par trois buts à deux. Sur les trois, j'en ai mis deux.

Dans les gradins, c'était le délire. Je voyais Dora, Oleg, et tous les copains de la classe, hurler mon prénom mais je n'entendais plus rien. Sur la pelouse, les joueurs de mon équipe me tapaient dans le dos, sur la tête, Selim m'a fait décoller du sol. Même des joueurs de l'équipe adverse sont venus me serrer la main. Harry m'a fait faire le tour du stade sur ses épaules.

C'est à ce moment-là que j'ai aperçu Michel tout en haut des gradins dans les bras d'une fille plus grande que lui. Elle était donc là, elle était venue assister à mon premier match. Nina, elle s'appelle. Michel me l'a dit, après mon entrée dans le club de foot, mais c'est un secret. Personne ne le sait. Pas même Dora.

Plus tard, pour me dire au revoir, Dora m'a embrassé sur la joue, mais tout près de la bouche, et devant tout le monde. Maman montrait à ses voisins le petit film de mes exploits, enrichi de nouvelles séquences, toutes ces images de moi et de mon ballon de foot depuis que je portais encore des couches. Papa et Harry s'enthousiasmaient toujours pour mon premier match. Michel, lui, s'était éloigné. Un coup de fil très urgent.

– Deux buts fabuleux, Léo ! a dit Harry. Celui que j'ai préféré, c'est le premier, celui où tu dribbles toute la défense adverse et où tu ramènes le score à 2 buts à 1, juste avant la mi-temps. Une bonne défense, en plus ! Comment tu as fait ce coup-là ?

– Moi, celui que j'ai préféré, a renchéri mon

père, c'est le troisième but du match, celui de la victoire, celui où tu as surpris tout le monde en récupérant le ballon et en tirant, sans hésiter, à treize mètres du but ! Une occasion très improbable, j'y croyais pas moi-même, et tu l'as fait !

Lorsque Michel est revenu, le portable encore serré dans sa main, Harry et papa lui ont demandé son avis.

– Moi, celui que j'ai préféré, et je ne suis pas le seul, c'est le deuxième, celui que tu n'as pas marqué. Ta passe décisive qui a permis à Selim d'égaliser alors que vous étiez menés 2 à 1. Sur ce coup-là, tu as assuré, tête d'œuf. Génial, tu as été génial.

Et il m'a pris la main pour me faire danser. Il s'entraîne. Surtout après ses coups de fil urgents. Il s'est mis en tête d'apprendre à danser le rock. Il va avoir du mal. Elle a du souci à se faire, Nina. Il est beaucoup moins doué pour danser le rock que pour taper dans un ballon.

Le lendemain, c'était un dimanche. On

a fait un pique-nique sous le saule pleureur. On était tous là, papa, maman, Harry, Oleg, Dora et Selim, et on attendait Michel, qui ne venait pas. Maman lui avait laissé trois messages auxquels il n'avait pas répondu. L'avantage avec les pique-niques, c'est que le repas est froid et qu'on n'est pas obligés d'attendre pour manger. À 13h30, on avait déjà tous fini et maman commençait à s'énerver quand on a vu arriver Michel entourant de son bras les épaules de Nina. Son arrivée a provoqué un silence médusé.

– Désolé pour le retard, a dit Michel.

– Wouaouh ! Elle est trop belle, l'amoureuse de ton frère, m'a murmuré Oleg.

– Ouais, a dit Dora.

– Super belle ! a insisté Selim. Comment elle s'appelle ?

– Aucune idée, je lui ai répondu.

– Elle s'appelle Nina, a dit Michel en dégageant son bras. Vous nous avez laissé des sandwichs ?

Maman s'est empressée de servir Nina, lui a mis trois sandwichs sur une assiette, des radis et des tomates. Papa lui a demandé ce qu'elle voulait boire.

Nina s'est tournée vers moi, et c'est la première fois que je la voyais de près, elle était très jolie, c'est vrai. Son verre de thé glacé à la main, elle nous a invités à porter un toast. On s'est tous resservis.

– J'étais là, hier, Léo, cachée dans les gradins. Il est cachottier, ton frère.

– Ça, c'est sûr, n'a pu s'empêcher de répondre maman.

– Tu es fantastique avec un ballon, Léo, vraiment.

– C'est Nina qui a eu l'idée que Léo intègre une équipe, a dit Harry. C'est elle qui a trouvé le club.

– Je bois à tous tes matchs à venir, Léo, et cette fois, je serai au premier rang.

Michel la regardait, son verre à la main,

immobile. Il avait toujours son sourire bête, encore plus bête que d'habitude.

– Tu es sûr qu'il est désenvoûté, ton frère ? m'a demandé Dora.

De la même autrice à *l'école des loisirs*

Collection NEUF

Maxime fait de la politique
Marie souffre le martyre
Maxime fait l'idiot
Qu'aimez-vous le plus au monde ?
La tarte aux escargots
La vérité toute nue
Superglu
Maxime fait un beau mariage
Un poisson nommé Jean-Paul
Il faut sauver Saïd
Ted et Bill
Un week-end d'enfer
Mon royaume est un cheval (collectif)
Oublie-moi un peu, papa !
La fille cachée du roi des Belges
Les Pozzis
La vérité sur Bérangère

Collection MÉDIUM

Billie
Ne touchez pas aux idoles
Une Bentley boulevard Voltaire
Laisse-moi tranquille
Rollermania
J'ai rendez-vous avec Samuel
Dans la famille Briard, je demande… Jenny
Le jour où tout a failli basculer…

Collection M+

Adieu Maxime
Le cœur est un muscle fragile

Collection THÉÂTRE

Bleu Blanc Gris